間違い召喚！４

追い出されたけど上位互換スキルでらくらく生活

A L P H A　L I G H T

カムイイムカ

Kamui Imuka

JN095643

アルファライト文庫

登場人物紹介
Main Characters
ワルキューレ
世界樹そのものだという少女。
様々な能力でレン達の活動を
サポートする。
ファラ
元ギルド受付係で、
レンと結《むす》ばれた女性。
容姿端麗《ようしたんれい》、実力を兼《か》ね備《そな》えた
元冒険者でもあり、
普段は意外と男勝《おとこまさ》りな口調《くちょう》になる。
レン
本名・小日向蓮《こひなたれん》。冴《さ》えない青年だったが、
鍛冶《かじ》・採取《さいしゅ》・採掘《さいくつ》のスキルを得て
仲間達と気ままな人助け旅を始める。

ルーシー
街道で襲《おそ》われていた、
行商人の女性。
レンに助けられ、
従魔《じゅうま》を借りることに。
アザベル
雪の降る街ジャーブルの領主。
火傷《やけど》の痕《あと》を隠《かく》すため仮面をつけている。
“穢《けが》れ”とも関係しているようで……？
ルギュ
港街ストスで暮《く》らす、
熊の獣人。
孤児《こじ》の子供達のリーダー。
ゴリアテ
港街ストスで、
レンが出会った男性。
海賊のような風貌《ふうぼう》だが、
意外と常識人。

第一話　追跡《ついせき》

雪の降る街、ジャーブルに着いた僕――小日向連《こひなたれん》。

街の入り口で待っていたニーナさんから、先行していたルーファスさん達が領主の屋敷で戦闘になったと聞いて、ひとまず合流することにする。

この街の領主アザベルは、僕達が追っている奴隷商《どれいしょう》のブザクほどではないにせよ、困った奴らしい。街の腐敗《ふはい》を目にしたレイティナ様が直談判《じかだんぱん》に行ったら、戦闘になったと聞いた。レイティナ様は王族だから、この街で暮《く》らす人達のことを考えると、許せなかったんだろうな。

ダークエルフのニーナさんと一緒に領主の屋敷の前に着くと、ルーファスさんが迎《むか》えてくれた。

「ルーファスさん、大丈夫だった？」

「ああ、レン。恥《は》ずかしながら手傷を負《お》ったよ。装備《そうび》のおかげですぐに回復はしたけどな」

ルーファスさんがお腹《なか》を見せて話してきた。確かに少し血で汚《よご》れている。ベテランの冒険者で、僕の作った装備も着ていたんだけど、それでも負傷《ふしょう》してしまったらしい。

「でも、凄《すご》いね。少し古いとはいえこの装備を貫通するなんて」

「ああ、アザベルとかいうあの野郎も、穢《けが》れと関係していそうだ」

ため息交じりにルーファスさんと話す。

世界樹の分体である少女――ワルキューレが各地に落とした、人々を浄化《じょうか》する世界樹の雫《しずく》。

それを受けても改心しなかった人ってことだもんな～。多分、穢れと関係してるでしょうね。

「ブザクもここにいたのかな」

「その可能性は大きいな」

ルーファスさんの返答を聞きながら、僕はこの屋敷に来る前に立ち寄った、街の市場での出来事を思い出していた。

少しでも情報収集できればと、僕とニーナさんは屋敷へ行く途中にある市場に寄っていた。

領主であるアザベルが街からいなくなったのに、住民達はどこ吹く風で、市場はなかなか賑《にぎ》わっている。

「いらっしゃい、いらっしゃい。そこのお兄さん、新鮮《しんせん》な魚だよ。どうだい？」

歩いていると、鮭《さけ》のような魚を掲《かか》げて、おじさんが話しかけてきた。

思えばこの世界に来てから魚はあんまり食べてないな。ピースピアの近くに川はあったけど、僕らとしては魔物肉のほうが簡単に手に入るから、魚釣《つ》りには行っていなかった。

「じゃあいくつかもらおうかな」

「まいど！　お兄さん、綺麗《きれい》な子を連《つ》れてるね。羨《うらや》ましいな～。ってうちも美人の嫁《よめ》さんが家で待ってるけどな！」

おじさんはそう言って魚をでかい袋に詰《つ》めていく。

羨ましいなんて言われても、僕なんてニーナさんには不釣《ふつ》り合いだけどね。

「私は綺麗なのか？」

「ん？　おお、絶世《ぜっせい》の美女というやつだな」

ニーナさんがおじさんに、自分の容姿《ようし》のことを聞いている。美女って言われているのになぜか俯《うつむ》いているよ。

「そ、そうか……」

ニーナさんはダークエルフだけど、このおじさんはあんまり気にしないみたいだな。というかこの街にいる人族は、みんなそういうのを気にしていない印象だ。

「コヒナタは私を綺麗と言ってくれていたけど、実感がなかったんだ。どんな服を着てみせても、あんまりお前には効果がなかったから……」

「……」

ピースピアでのあのファッションショーには、そんな意図があったのか。あちこちで鈍《どん》感《かん》って言われていたのも、こういうことの積《つ》み重《かさ》ねだったのかな。

「えっと、おじさん」

「おお？　なんだ、鈍感兄ちゃん」

話を変えるためにおじさんに話しかけたら、そんな返事が来た。

どうせ、鈍感ですよ。でも、初めて会うあなたに言われる筋合《すじあ》いはないぞ。

「ブザクっていう奴隷商を知りませんか？　仮面をつけた奴隷を連れているはずなんですが」

「ん～、仮面？　それを言うなら、ここの領主の衛兵は、全員仮面をつけているぞ」

おじさんはそんなことを言った後、顎《あご》に手を当てて考え込んだ。

「お～、そういえば。だいぶ前に、領主と一緒に市場を見に来た奴がいたな。そのブザクって奴かはわからないが」

「どんな人でしたか？」

「ああ、身なりは良かったが、太っていて鼻息が荒《あら》くて気持ち悪かったぞ」

当たりだ。以前、巫女《みこ》のルーラちゃんが見かけた時の情報とも一致している。

「そいつも仮面の奴隷を連れてたんだ。三メートル以上の大男だった」

ルーラちゃんの話によると、ブザクはスラムの孤児院《こじいん》で子供達に「お前達を金に換《か》えてやる」と言い放ち、仮面の奴隷に子供達を担《かつ》がせて連れ去ったらしい。

このおじさんが見たのは、その奴隷かもしれない。そんなに大きな男だったんだな。

「どこに向かったか、わかりますか？」

「ん〜……そういえば北に獣人が集まっているっていう話をしていたな。そこへ行くとか行かないとか言ってたような」

ということは、この街よりさらに北に向かったってことか。

獣人か。この世界にそういう種族がいるのは知ってたけど、そういえば今まであんまり目にしなかったような気がする。

「獣人達は、昔、人族に迫害《はくがい》されていたと聞く。我々エルフ系の種族と同じようにな。人族は圧倒的に人口が多いから、それも致し方ないことなんだろう」

ニーナさんはそう説明してくれたのだった。

「エイハブの話じゃ、奴はここからさらに北の街に興味を持っていたみたいだな」

元衛兵のエイハブさんは、ルーファスさん達と一緒に先行して街に来て、情報収集をしてくれた。

「それ、僕らも聞きました。流石《さすが》エイハブさんだね」

アザベルの衛兵はみんな仮面をつけていた、と市場のおじさんは言っていた。

そして、ルーラちゃんや、ピースピアに来た魔族が言うには、ブザクも仮面の大男を従《したが》えていたという。それらを考えると、この二人は関係を持っていそうなんだよな。

「外で立ち話も何だ、屋敷に入ろう」

ルーファスさんに促《うなが》されて、僕らは領主の屋敷へと入っていく。

「この屋敷の地下に隠《かく》し通路があったんだ。領主達はそこから逃げていった」

廊下《ろうか》を歩きながら、ルーファスさんが説明してくれる。

屋敷は入口から奥に長くて、この街の形と同じような長方形だ。歩いていくと、突き当たりに階段が見えてきた。あそこから地下に下りるらしい。

「領主を守っていた兵士は全員死体で、操《あやつ》られていた。操っていたのは虫でな、雫が効かなかったのはそのせいだろう」

「なるほど」

階段を下りながら、ルーファスさんの説明を聞いていく。すると階段を何度か折り返したところの踊《おど》り場に、兵士が倒れていた。

「この人達がそう？」

「ああ、こいつらだよ。死体の中に入った虫が体を操っていたんだ」

ルーファスさんが忌々《いまいま》しげに言う。

仮面をつけている兵士達は確かに全員事切れていて、異様な光景だ。

「ポイズンとマクラがいなかったらきつかったよ。流石、レンの従魔《じゅうま》だ。あんなに小さくてもサイクロプス並みの強さだからな」

ポイズンとマクラはそれぞれ蜘蛛《くも》と羊の魔物なんだけど、どうやらルーファスさん達が無事だったのは彼らのおかげもあるようだ。

手傷を負ったルーファスさんを守りながら、敵をここまで追い詰めたらしい。後でいっぱい愛《め》でてあげよう。

「ホントに助かったよ。流石にあの人数を捌《さば》きながら追い詰めることは、できなかっただろうからな。とはいえ、あと一歩で逃げられたが……」

階段を下りながら話していると、下のほうから声が聞こえてきた。

「ルーファスがこんなに軟弱《なんじゃく》とは、思わなかったな」

この声は……。

「エイハブ！　軟弱とまで言われる筋合いはねえぞ。そもそも俺は斥候《せっこう》が本職で、あんな力仕事は専門外だ」

「確かに、別行動せずに最初から俺がいれば、アザベルを捕《つか》まえられていたかもな」

「ぐぬぬ」

階段を下り切ったところにいたエイハブさんが、ルーファスさんに手厳《てきび》しい一言を放った。ルーファスさんも負けじと文句を言うけど、見事に反撃されている。

まったく、喧嘩《けんか》するほど仲がいいってやつかな。

「レン、こっち」

二人に呆《あき》れていると、奥の部屋からファラさんが声をかけてきた。

この間、元受付嬢《じょう》で冒険者のファラさんに僕は告白した。ファラさんも僕を想《おも》っていてくれたから、付き合うことになったんだけど……うん、手招《てまね》きしている姿も可愛《かわい》いな。

ファラさんのいる部屋に入ると、クリアクリスとレイティナ様もいた。

「お兄ちゃんここ～」

クリアクリスの指すほうを見ると、壁《かべ》に幅《はば》四メートルほどの大穴が開いている。

「ある程度補強《ほきょう》はされているが、なんだか、動物が掘《ほ》ったような穴だな」

後ろから来たニーナさんが、首を傾《かし》げて呟《つぶや》く。

確かに人が作ったにしては土が剥《む》き出しで、荒々《あらあら》しい感じだ。松明《たいまつ》代わりに世界樹の枝を地面に刺し、中を覗《のぞ》いてみる。すると所々に木の柱が立ってはいたが、それも丸太そのままといった様子だった。

「……ここの領主のことだけど、穢れが関わっていることを考えると、ルーファス達が戦っていうその領主自体、偽物《にせもの》なんじゃないかな？」

ファラさんが突然、推理《すいり》を始めた。

「どういうこと？」

「ん〜、あくまでも推測だけど。偽物がここから屋敷に侵入《しんにゅう》して本物の領主を殺し、入れ替わったとか」

確かにこれを作ったのが領主なら、抜け道だとしても、もうちょっと綺麗に作るよね。今まさに僕は、作り直したい気持ちでいっぱいだし。

「そうかもしれないわね」

ファラさんの話を聞いて、レイティナ様が口を開いた。

「あの領主も仮面をつけていたんだけど、それは火傷《やけど》の痕《あと》と目を隠すものだったわ。殺意や復讐《ふくしゅう》を思わせる、恐ろしい三つ目を」

「三つ目？」

「ええ。三つめの目があったのよ、額《ひたい》に」

三つの目……魔族みたいなものかな？

「三つ目というと、北国の……」

「そうかもしれないわね……」

ファラさんとレイティナ様は、何か思い当たる節《ふし》があるようで、俯き合っている。

何かあったのかな?

「昔、北の氷の大地に大穴が現れて、そこから出てきた赤い肌の三つ目の種族が、世界を支配しようと暴《あば》れたという話があるの」

「それを退治してもらうために勇者召喚《しょうかん》が行われて、勇者のおかげで赤い肌の種族、レッドトライアイズは滅《ほろ》びて平和が訪れた。そのはずなのに……」

ファラさんに続いて、レイティナ様がそう語る。

過去の勇者召喚には、ちゃんと意味があったんだな。間違いで召喚された上に追い出された僕としては、なんだか羨ましい。

「でも、あの領主の肌は赤くなかったぞ」

ルーファスさんとエイハブさんも、喧嘩が終わったみたいで話に入ってきた。

「……ハーフ、とか?」

「その可能性はあるな」

どこか考え込んだ様子のルーファスさん。

「子孫《しそん》だからと迫害された復讐か……状況はまったく異なるが、私達も一歩間違えれば、そんな思いに囚《とら》われていたかもしれない。コヒナタには感謝しかないな」

ニーナさんは僕を見つめて呟く。

確かにダークエルフさん達をあのまま放っておいたら、人族と争《あらそ》いになって血が流れただろうね。そうして復讐の鬼になっていたかもしれない。

「レッドトライアイズの平均寿命《じゅみょう》は、人族と同じくらいだと聞いたことがある。もしかしたら生き残りが密《ひそ》かに子孫を残してきて、顔の火傷は、彼らを見つけた人族にやられたのかもね」

ファラさんの話は、結構いい線いってそうだ。

「そういう話は、本人に聞いたほうが早いね。【ブレイドホース召喚】」

『ヒヒ～ン！』

地下の穴は大きいから、従魔のブレイドホースでも余裕で通れる。スピードも充分あるから、この子で追うぞ。明かりとして、世界樹の枝をブレイドホースに括《くく》りつけておく。

「ファラさん、クリアクリス、行こう」

「はい！」

「は～い」

僕はブレイドホースに跨《また》がって、二人に手を差し出した。二人は笑顔でその手を取り、ファラさん、クリアクリスの順に跨る。

「ここはお願いね～」

「気を付けて～」

屋敷はレイティナ様達に任《まか》せて、僕達は領主アザベルを追う。

ブレイドホースは三人の重みにも負けずに走り出した。

ファラさんとクリアクリスがいれば鬼に金棒《かなぼう》、どんな敵でも粉砕《ふんさい》コースだ。

「お兄ちゃん、暴れていいんだよね？」

「ああ。でも、領主は殺しちゃダメだぞ。まずは話し合いだ」

「は～い」

クリアクリスが首を傾げて聞いてきたので、注意事項を伝えると、元気に返事をする。

いい子に育ってくれて、僕は嬉《うれ》しいよ。

「ふふ、まるで遠足に行くみたいだね。レン」

「はは、僕らにとっては遠足だよ。ファラ」

最近、ファラさんと二人きりの時には僕も呼び捨てで呼ぶって話になったんだ。

クリアクリスがいるから、二人きりではないんだけどね。

僕とファラさんは微笑《ほほえ》んで見つめ合い、唇を重ねる。

ブレイドホースに揺《ゆ》られながら重ねた唇は、とても甘かった。

「あ～、お兄ちゃんとキス～。私もする～」

「クリアクリスはほっぺにね」

「ぶ～」

ファラさんがクリアクリスを自身の前に抱《だ》き上げた。僕は後ろを向いて、クリアクリスのほっぺにキス。それに合わせて、ファラさんも反対側からキスすると。クリアクリスは満足したように頬《ほお》を緩《ゆる》めた。

「ムフ～、ファラお母さんもいいかも～」

「ふふ、ビスチャさんが泣いちゃうよ」

先日、クリアクリスは母親のビスチャさんと父親のグリードさんと、ようやく再会を果たせた。

「……でも、私もクリアクリスみたいな子供が欲しいな」

ファラさんは潤《うる》んだ瞳で僕を見つめる。

うまくやれよ、と言ってくれた父さん、僕はこっちで頑張《がんば》れそうです。


「まだ出口が見えないな」

僕らはブレイドホースに乗って、隠し通路を駆《か》けている。

今のところ人影も見えないし、外にもたどり着けない。どんだけ掘ってるんだよ。

「これは、あのゾンビ兵の力で掘ったのかな？」

ファラさんが疑問を口にする。

「その可能性はあるけど、スコップを使ったって感じじゃないんだよね」

死体とはいえ人間が掘ったなら、何か道具を使ったはず。でもその場合は、道具の跡《あと》ができるど思うんだ。

この通路は動物が掘ったような、荒々しさがあるんだよね。通路というより、洞窟《どうくつ》に近い。

「人の死体を操れるんだから、同じように穴を掘るのに長《た》けている動物を操ったのかも？」

ファラさんが顎に手を当てて、考え込みながら言った。

なるほど、そうだよね。別に人間じゃなくてもいいんだもんな。

「お兄ちゃん、止まって！」

「おっと、どうした？」

クリアクリスの声に、僕はブレイドホースの体を叩いて合図を送り、止まらせる。

「前から何か来る」

クリアクリスはブレイドホースから降りて、前方に目を凝《こ》らした。

「見えた！」

「アースドラゴン……」

黄色のトゲトゲした体のドラゴンが、道を押し広げながら突進してきている。

クリアクリスはぴょんぴょん跳《は》ねて喜んでるけど、ファラさんは驚愕《きょうがく》していた。

「やっぱり死体か。虫に操られている……」

ドラゴンの目や口で、虫がウネウネと動いているのが見える。とても気持ち悪い。

『ギャ～！』

咆哮《ほうこう》を上げたアースドラゴンは、そのまま口から黄色いブレスを吐いてきた。

「そんなの効かないよ！　【ホーリーシールド】」

すぐさま展開される、クリアクリスのシールド。ブレスをものともしないで防ぎ切る。

「力でも負けないよ～」

アースドラゴンはブレスを吐きながら、クリアクリスのホーリーシールドを押しやろうとする。しかし打ち破《やぶ》れず、押し込むこともできないでいた。

それでも、クリアクリスの足が少し地面にめり込んでいるのを見ると、相当な力が加わっているのが窺《うかが》えた。

「次はこっちの番だよ！」

クリアクリスはブレスが切れたタイミングでホーリーシールドを解《と》いて、ドロップキックをドラゴンの顔に命中させた。ドラゴンは血をまき散《ち》らして転倒する。

クリアクリスのドロップキックは、かなりの速度だった。なのに転倒するだけで済んでいるドラゴンは、やはりそれなりに強いみたいだ。

「まだ終わりじゃないよ～。炎の槍《やり》！　水の槍！」

両手にそれぞれの槍を発現させ、クリアクリスがアースドラゴンへと投げつける。

以前、僕との練習で初めて使った時とは、槍の大きさが全然違っていた。クリアクリスはピースピアで遊んでいただけではなく、あの装備を使いこなそうと日々鍛錬《たんれん》していたのかもしれない。

『ギャ～オ……』

投げ放たれた二つの属性の槍が混じり合い、爆発を起こす。アースドラゴンの首が砕《くだ》け散っていく。

虫はバラバラと地面に落ちて動きを止めた。こいつらは、寄生《きせい》していないと死んでしまうのかな。

「お兄ちゃん、終わった～」

クリアクリスが抱きついてきたので受け止める。

「おっと、クリアクリスは強いな～」

頭を撫《な》でながら褒《ほ》めると、気持ちよさそうに目を細めて「えへへ」と頬を緩ませた。

本当に彼女は強いな～。父親のグリードさんと比較しても相当強い。魔族の中でも特別な存在なのかもな。

さて、今回のアースドラゴンのドロップアイテムも良いものが出ました。

【アースドラゴンのジェム】

【アースドラゴンの卵】

【アースドラゴンの魂石《こんせき》】
【アースドラゴンの鱗《うろこ》】

初めてのドラゴン種のジェムは、かなり嬉しい。僕も男の子だからドラゴンは大好物です。

ゾンビになっていたからジェムもゾンビのものかと思ったけど、スキル採取《さいしゅ》の神の影響か、元のドラゴンのジェムになっていた。それともゾンビ自体が特殊《とくしゅ》なもので、魔物としてのジェムはないのかもしれない。

まあ、あんまり考えていても仕方ないので切り替えていこう。

ドラゴンの鱗は、すぐにでも加工したいな～。そろそろみんなの装備も新調《しんちょう》したいと思ってたんだよね。アザベルにはお礼をしないといけないね。

せっかくだからアースドラゴンを召喚して先導させよう、ということで召喚。

「さあ、アザベルを追いかけようか。相手も追われて困るから、こんな強い個体を使ってきたんだろうし」

「そうだね。それにしてもドラゴンを使役《しえき》してるなんてね。死体でも、そうそう出会えないよ」

確かに、今までドラゴンを見たことなかったな～。貴重《きちょう》なドラゴンをありがとうございます。

待ってなくても、お礼に伺《うかが》います、ドラゴンと一緒に。

『ギャオ～～!!』

なんだか気合《きあい》入ってるな、アースドラゴン君。ゾンビ化する前の記憶を持っているかのような、そんな感じがする……あれ？

ふとアイテムボックスを確認してみたら、さっき獲得《かくとく》した魂石っていうアイテムがなくなってる。

魂石には、魂が宿る石って説明が書かれていたはずだ。召喚と一緒にそれが消えたってことは、アースドラゴンに再びその魂が宿ったのかな？　それで記憶を受け継《つ》いだのかも。もしかしたらこのドラゴン、自分の体を悪用されたことを恨《うら》んでいて、魂石を残したのかもしれない。

恨みは恨みを呼び寄せるのかな……と少し暗いことを考えてしまった。

『ギャオ～～～！』

「カッコいい～」

アースドラゴンを先頭に、通路を駆け進んでいく。

僕とファラさんはブレイドホースに跨ったままだけど、クリアクリスはアースドラゴンの首元ではしゃいでいる。

クリアクリスが言うように、黄色の体が輝いていてカッコいい。ゾンビの時とはまったく違う姿を見せている。

この黄色の鱗の武器や鎧《よろい》を作れると思うと、今すぐにでもコネコネしたくなってしまう。

アースドラゴンの鱗は、採取の神のおかげで一万個以上取れている。死体から剝《は》ぎ取りをしたおかげでもあるんだけどね。おかしなくらい取れて、笑いが止まらないよ。早く製作したいな～。

そんなことを考えていると、クリアクリスが前方を指差して叫んだ。

「お兄ちゃん、外が見えてきたよ～」

その先を見ると、隠し通路に光が差し込んでいる。

「良かった、やっと出られたね」

通路から出ると、遠くにジャーブルの街が見えた。

「ここは……山の上？」

標高《ひょうこう》が低い山の頂上まで、登ってきていたようだ。通路を進んでいる間は気付かなかった。少し傾斜《けいしゃ》があったのかな？

『ギャオ～～!!』

「そっちにいるのか？」

自分の仇《かたき》がこっちにいると伝えるように、アースドラゴンが吠《ほ》える。相当怒ってるな。

「よし、行こうか。と、その前に」

僕は一旦《いったん》ブレイドホースを降りて、あるものを取り出し地面に刺す。

「それは？　さっきジャーブルの屋敷にも刺していたけど」

「これはね。世界樹の枝だよ」

この世界で、雫とは別に手に入れたチートアイテム。

松明代わりにも使っていたこの枝で、僕はある実験をしてみようと考えていた。

「これを使って、転移ができると思うんだよね」

第二話　レッドトライアイズ

ピースピアにいるワルキューレに、前々からチャレンジしてもらっていたことがあった。

世界樹の枝を利用して、ワルキューレの転移の力が使えないかなって。

ピースピアの近くにある鉱山に、いくつか世界樹の枝を刺して実験したところ、見事に僕はワルキューレと一緒に転移できた。ワルキューレがいないとできないから、若干《じゃっかん》の制限はあるけどどね。

「ワルキューレ」

僕は、地面に刺した世界樹の枝に話しかける。実験では、枝を介《かい》して話すこともできるとわかった。

『……はい』

少しすると、ワルキューレの声が聞こえてきた。

「かなり距離《きょり》があるけど、転移できそう？」

『少し時間をもらえれば』

「了解。僕らはアザベルを追いかけるから、みんなとジャーブルの街をどうするか相談しておいて。こっちに来たり、ピースピアに帰ったりする人がいるなら、連れてってあげてね」

『わかりました』

まあワルキューレなら、転移の準備も簡単にできるでしょう。

「これでよし。アースドラゴン、先導して」

『ギャオ〜〜〜!!』

気合充分のアースドラゴンは、さっきよりもさらに速度を上げて走っていく。ブレイドホースも速度を上げるが、少しずつ離《はな》されてしまう。

「クリアクリス、速度を落とすように言って〜」

「は～い。速度を落として～」

『ギャオギャオ』

「嫌だって言ってる～」

どうやら、アースドラゴンは焦《あせ》っているようだ。

「じゃあ、僕らがそっちに移るか」

僕とファラさんはブレイドホースから降りて、アースドラゴンに駆け寄る。防具の性能に加えて、走るのは得意だからブレイドホースより速いんだよね。

ファラさんももちろん、ステータスが爆上《ばくあ》げされているから速いんだけど……。

「お姫様抱《だ》っこしてみたかったんだよね」

「レン……」

僕よりも背の高いファラさんをお姫様抱っこ。少し不格好《ぶかっこう》かもしれないけど、ファラさんは喜んでくれています。

頬を赤くして見つめてくるファラさんが綺麗すぎて、今日も彼女に惚《ほ》れ直してしまう。

「あ～、ずるい～。私も抱っこ～」

「ははは、また今度ね」

クリアクリスがドラゴンの上から僕らを見てむくれている。彼女にはいつもやってあげているので、今回は我慢《がまん》してもらおう。

アースドラゴンに乗り換え、アザベルを追ってしばらく北東の方角に走っていると、街道が見えてきた。

「レン！　馬車が襲《おそ》われてる」

ファラさんが街道の先を指差して言う。

見ると、仮面をつけた人達に馬車が囲まれている。屋敷にいたアザベルの兵士は重装備だったけど、馬車を襲っている人達は布製の軽装備で、盗賊《とうぞく》みたいな格好をしている。

「誰か助けて～」

近づくと、馬車の中から女性の声が聞こえてくる。

「アースドラゴン！　ブレイドホース！」

従魔に馬車の周りの敵を蹴散《けち》らしてもらうことにした。仮面の敵は操られた死体らしいから、遠慮《えんりょ》はいらない。一掃してしまおう。

『ギャオ～～』

『ヒヒ～ン！』

ファラさんとクリアクリスだけでなく、馬車の左右に展開したアースドラゴンとブレイドホースもそれぞれ戦い始める。

アースドラゴンが言うことを聞いてくれるか心配だったけど、大丈夫でした。これで馬車は安全だろう。

「ひっ」

「あ、大丈夫ですよ。助けに来ました」

馬車の幌《ほろ》の中に顔を突っ込んでみると、怯《おび》えた様子で毛布を抱きしめている女性がいた。僕を見て、目をまん丸くしている。

「あなたが助けてくれたの？」

「はい、僕の従魔が今まさに戦ってますよ」

馬車に入ってそう言うと、女性はウルウルした瞳で僕を見る。

「ありがとうございます！」

感極《かんきわ》まったのか抱きついてこようとしたので、僕は彼女の両肩を掴《つか》んで押し留《とど》めた。

「おっと、そういうのは間に合ってるので」

「ええ……」

僕にはファラさんがいるので間に合ってます。

そのファラさんが幌をめくり中を覗き込みながら、僕に声をかけてきた。

「レン、外は終わったよ」

「ファラ、ありがと」

やっぱり、名前で呼び合えるって幸せだな。僕はファラさんから目が離せないよ。

僕らを見て、女性は頬を赤くして呟く。

「熱々なんですね。羨ましいです」

「……まあ、そういうことなので」

思わず数秒間、ファラさんと見つめ合ってしまった。人のいる前では自重《じちょう》しよう。

仕切り直して、僕は女性に話を聞くことにした。

「それで、なんであの人達に襲われていたんですか？」

「私は行商をしているルーシーと言います。ジャーブルの街を出てこの先の村々を渡り、ジャルベイルの街に向かうところでした。途中で急に後方が騒《さわ》がしくなったので馬車を止めると、凄い勢いで赤いドラゴンが迫《せま》ってきていたんです」

ルーシーさんは、自己紹介を交えて話してくれた。赤毛の短髪で、小柄な女性だ。

前の僕だったら、守ってあげたいと思うような容姿をしている。今はファラさんがいるからそんなこと思わないけれど。

それにしても、またドラゴンか。

「私は必死で逃げました。でも、ドラゴンに勝てるわけもなく、足音はどんどん近づいてきて……」

う～ん、アースドラゴンもそうだったけど、この世界のドラゴンってもしかして飛べないのか？　ドスドス走るドラゴンって、なんだか可愛いな。

「もうダメかと思い、死を覚悟して目を瞑《つむ》っていたら、足音が通りすぎていったんです。幌の外を見ると、ドラゴンの背に乗っていた仮面の男と目が合って。ニヤッと口角《こうかく》が上がるのが見えて、とても嫌な予感がしました。そしてドラゴンが去った後、魔法陣がそこら中に現れて、たくさんの仮面の男達が出てきたんです」

ふむふむ、アザベルは僕らを足止めするために、ルーシーさんを利用できると思ったのかな。

彼女を救出できてもできなくても、僕は現場を調《しら》べるために立ち止まるから、時間は絶対にかかるんだよな。それを向こうもわかってるんだろうね。

「馬車は無事ですよね、ルーシーさんも怪我《けが》はありませんか？」

「えっ、ええ、ないですが……」

「実は僕らはその男を追いかけてて、急がないといけないんです」

「そ、そうですか……」

ルーシーさんの体がガタガタと震《ふる》え出した。恐怖を思い出してしまったのかもしれない。

「次の街に着くまでの間、うちのリビングウェポンを護衛《ごえい》につけます。Aランクまで強化してあるから、今来たような奴らには絶対に負けませんよ」

リビングウェポンはコネコネしてあるのでかなり強い。なんならドラゴン相手でも余裕なんじゃないかな？

「こんな強い従魔を持っているなんて……ありがとうございます」

「これからは、護衛をつけて行商することをお勧《すす》めしますよ」

それにしても、アザベルの行動は意外だった。

ルーシーさんが一人でいたから、この程度の戦力で足止めしたんだろう。護衛付きだったら、もっと強い敵を出していたとは思うけど……不思議と殺意が感じられない。

いずれにせよ、奴の魔法はリッチの魔法に似ている。自分のマナを使って際限《さいげん》なく召喚できそうで厄介《やっかい》だ。

「じゃあ、僕らは行きますね、お気を付けて」

「あっ、せめてお名前を……」

「ピースピアのレンとファラよ。お礼なら、ぜひうちの街に来てね」

ルーシーさんの問いかけには、ファラさんが答えてくれた。街に行商人が来てくれると色々と助かるから、こういった対応もありだな。

「お兄ちゃん、この人達弱かった～。つまらないよ～」

馬車から出ると、クリアクリスが不満そうに言ってきた。

「布装備だったからね。やっぱり完全に時間稼《かせ》ぎだな」

本気で殺そうとしていたなら、もっとしっかりした装備のゾンビ兵を使うはずだからね。

「それなら、しっかりと稼がれちゃったね。私達だけで追えるかな」

「う〜ん、次の街まで行かれると大変だな」

ファラさんの問いに、僕も考え込んでしまう。街の近くでアースドラゴンを見られたら大騒ぎになっちゃいそうだから、その前に追いつかないと。

「じゃあ、アースドラゴンの装備を作っちゃうか」

追跡を再開したアースドラゴンの背に乗って、僕は素材をコネコネ。もちろん、アースドラゴンの鱗を使います、むふふ。

「アースドラゴンの鱗と魔鉱石《まこうせき》、ハイミスリルをコネコネ」

アースドラゴンの黄色い鱗と、ピースピアでクリアクリスのご両親に生成してもらった魔鉱石、そして青色のハイミスリルをコネコネ。混ぜられた鉱石は、金色に輝いている。

なんか今さらだけど、作ってはいけないものを作ってるような気がする。本当は鍛冶《かじ》道具がないと金属の合成なんてできないんだけど、神のスキルになってからは、鍛冶道具がなくてもいけるようになっちゃった。

「レン、もしかしてアースドラゴン用の靴《くつ》を作ってるの？」

「そうそう、速く走れるようにね」

今持っている最強の素材で作る靴。これでアースドラゴンの走る速度も爆上げだ。

「よし、ちょっと止まってくれ、アースドラゴン」

『ギャオ……』

アースドラゴンに止まってもらって、作った靴をすぐに履《は》かせる。ドラゴンの爪に合わせて靴を作るのは大変だったけど、なんとかカッコよくできたぞ。ステータスはこんな感じ。

【アースドラゴンシューズ】ＳＴＲ＋２０００　ＤＥＸ＋１０００　ＡＧＩ＋４０００
ＶＩＴ＋２０００

やっぱり、恐ろしいものを作ってしまった。今までの装備より一桁《ひとけた》ステータスが上がってる……自分が怖《こわ》いです。

「これで大丈夫っと。じゃあ、本気出して行くぞ～」

気合を入れて、僕らは再びアースドラゴンに跨った。

『ギャオ～～!!』

僕達が乗ったのを確認すると、アースドラゴンが咆哮を上げて走り出す。速度が格段に上がって、街道には土煙《つちけむり》が上がった。

「速い速～い」

「レン、流石にやりすぎ……」

クリアクリスは大喜びだけど、ファラさんは怯えています。僕にしがみついていて、こんな姿は新鮮で可愛いな。

シューズを履いたアースドラゴンは、まるで新幹線のような速度で走っていた。クリアクリスのホーリーシールドで風を防いでいなかったら、僕らも吹き飛ばされてるかもしれない。

この装備のせいで、僕らの戦力ランキングは大きく変わっちゃった。今は完全にアースドラゴンが一番だね。まあ、帰ったら全員分の装備を作るから元の順位に戻るだろうけど。

ちなみに地の力ではクリアクリス、アースドラゴン、ファラさんって感じの順位。普通なら単純にレベルで比べればいいんだけど、クリアクリスにはその常識が通じないんだよね。その理由は、今のところわかっていない。

まあとりあえず、うちのクリアクリスは凄いってことで。

『ギャオ～～!!』

「お？　見えてきた？」

アースドラゴンが大きく吠えた。

僕らの視界にも、赤いドラゴンが見えてくる。このまま捕まえてやりましょうか！

「突っ込めー！」

『ギャオ～～!!』

アースドラゴンは乗り気で、クリアクリスも大喜び。ファラさんはまだ僕に抱きついている。

「いけいけ〜」

まだ怖いのかな？　そんなことを思っていたら、ファラさんが呟いた。

「もう少しこうしていたかったな」

「はは、怖がってたわけじゃないんだね。これが終わったら温泉でゆっくりしよう」

「やった！」

ファラさんの返事と同時に、アースドラゴンがレッドドラゴンへと体当たり。

僕らはその直前に飛び降りて、地面に投げ出されたアザベルに近づいた。

「これはこれは、有名人のコヒナタ　レンさんではないですか。あなた少し失礼じゃないですか？　初対面でアースドラゴンをぶつけてくるなんて」

アザベルは立ち上がって、僕らに言う。

「いえいえ、僕はあなたからいただいたアースドラゴンに道案内をさせて、ここまで来ただけですよ。あなたがドラゴンに、そう言いつけてくれたんじゃないんですか？」

僕はアザベルの話し方を真似《まね》て、嫌味《いやみ》っぽく返した。仮面で口の周りしか見えないけど、唇がひくひくしている。かなり頭に来ていると見た。

「……そうでしたそうでした。アースドラゴンにそう言って、わたくしが向かわせたんでしたね」

アザベルは汗を拭《ふ》きながらそう言ってきた。そんなはずないってわかってるけど、話が進まないのでスルーしてあげよう。

「僕の仲間達を襲ったんでしょ。そのお礼と、聞きたいこともあるんだよ」

僕は、アザベルに近づきながら話す。

「あなたは穢れに関係しているのか?」

「……くっくっくっ」

アザベルにストレートな質問をすると、彼は仮面を押さえながら笑い出した。

「穢れ、とはなんなのでしょうね?」

質問に質問で返してきたアザベル。

そういえば、そもそも穢れってなんなんだろう? 今まで色んな説明を聞いてはきたけど。

「わかっていないようですね。ではお教えいたしましょう」

得意げに言い、手頃な岩に腰かけたアザベル。僕らは立ったまま彼の話を待った。

「わたくしは遠い北の大地の、人里離れた雪山に住んでいました」

アザベルは小さく息を吐いて語り始める。

「両親と妹と、仲良く暮らしていたんです。とても幸せな毎日でした。あの日までは……」

そう言って、アザベルは自分の頭上に魔法陣を展開し始めた。僕らは警戒《けいかい》して剣を構えるが、その魔法陣からは何やら声が聞こえてきた。

『お兄ちゃん、熱いよ……』

『大丈夫だ。お兄ちゃんが助けるから……』

『お前だけでも逃げるんだ』

『父さん、そんなことできるわけ……』

『アザベル、あなたは死なないでね』

魔法陣に、映像と音声《こわいろ》が流れ始める。まるで映写機から映し出されているかのように鮮《せん》明《めい》だ。

見えてきたのは、恐らく幼い頃のアザベルと、その家族。何が起こったのか火に囲まれていて、アザベル以外は檻《おり》に閉じ込められている光景だった。

『みんなを見捨てられるわけないじゃないか！　絶対に助けるよ』

どうにかして三人を助けようと、熱せられた檻を握《にぎ》りながら言うアザベル。

『あなた……』

『ああ、わかってる……。お前の幸せを祈っているよ。【ウィンドショット】』

アザベルが檻から手を離すように、両親は手を合わせて風の魔法をアザベルに放った。

『何を！　父さん！　母さん！　アリシア～！』

風魔法がアザベルを優《やさ》しく包み込み、彼を建物の外に押し出す。

すぐに戻ろうと駆け出すが、アザベルの前で建物がドシャッと音を立てて焼け落ちた。

『ああ、父さん母さん……アリシア』

崩《くず》れた建物を見つめながら、涙を流すアザベル。彼自身も無傷ではなく、顔の上部が焼けただれていて、額にある第三の目からは血の涙が流れている。

『おいおい、こいつはあの家族の子供か？』

『ああ、そのようだな。全員始末しろと言われてる。一緒に燃やすぞ』

泣き崩れるアザベルの後ろには、人族の男達がいた。男達は剣を手に、アザベルに近づいていく。

『……アリシアはまだ五歳だったんだぞ』

『あ？　何か言ったか？』

『耳を貸すな。相手はレッドトライアイズだ、何をするかわからん。早く始末するぞ』

『アリシアはまだ五歳だったって言ってるんだ！』

アザベルの体から黒い靄《もや》が現れた。まだ十にも満たないであろう、少年のアザベル。だがその体から溢《あふ》れ出た靄は、穢れに支配されたエルフの王エヴルラードが出していたものより大きかった。

『な、なんだこりゃあ！』

『た、助けてくれ！』

黒い靄が二人の人族を呑《の》み込む。そしてクチャクチャと咀嚼《そしゃく》するような音を立てて人族を取り込むと、靄はゲップのような声を上げ、アザベルの中に戻っていった。

『よくも僕の家族を……絶対に許さない』

アザベル少年が、三つの目を黒く輝かせてそう呟いた。映像はそこで薄れ、消えていった。


アザベルの過去の映像を見て、僕は確信を得た。

彼は強い恨みから、力に目覚《めざ》めてしまったんだろう。その力こそ穢れ――つまりあの黒い靄だ。

靄は、宿主の憎悪《ぞうお》のようなものを糧《かて》にしているのかもしれない。

人の憎悪で増幅《ぞうふく》していく、穢れ。

エヴルラードが言っていたように、一度浄化しても、こうして第二第三の穢れが生み出されていくのだとしたら、仮にアザベルを倒しても、また新《あら》たな敵が僕らの前に現れるだろう。

『ギャオ～～～～!!』

不意にアースドラゴンが吠えた。

そちらを見ると、レッドドラゴンのゾンビを倒したようだ。シューズ装備で一瞬だと思ったけど、結構時間がかかったな。


【レッドドラゴンのジェム】

【レッドドラゴンの鱗】

【レッドドラゴンの魂石】


アースドラゴンと同じようなドロップ品が手に入った。鱗もまた大量に取れて、ホクホクです。みんなの装備を一新できるな～。

『ギャオギャオ……』

何やらレッドドラゴンの遺体《いたい》に駆け寄っていく、アースドラゴン。まだ戦い足《た》りないのかな？

首を傾げていると、アザベルが言う。

「あのドラゴン達は生前、つがいだったのですよ。しかし、わたくしのように、大切なものから引き離されたのです」

「……それを知っていながら虫で支配していたの？」

アザベルを睨《にら》みつけ、ファラさんが問う。

「いえいえ、わたくしはかわいそうだと思って少しばかり力を貸しただけです。体は壊《こわ》れていましたから虫で補強したんですよ。ついでに、私の復讐を手伝ってもらいはしましたがね」

アザベルは飄々《ひょうひょう》と言ってのける。彼なりに同情の念はあったたってことか？　でもアースドラゴン達を利用していたのは納得いかないな。

「【レッドドラゴン召喚】！」

「なっ！」

すぐにレッドドラゴンのジェムを使って召喚してみる。すると、アースドラゴンと同じように魂石が消えた。

『クウンクウン』

『ギャオギャオ～』

復活したレッドドラゴンは、アースドラゴンと頬をすり合わせて愛を確かめ合っている。なんと微笑ましい光景だろうか。

「こ、こんなことが……」

「信じられないと思うけど、僕にはこういうことができるんだよ。無駄な抵抗はやめたほうがいいと思うけどな～」

力のある者は、人々や魔物達を守ることだってできるはずだ。アザベルも力を持つので

あれば、こういうことに使ってほしい。

「ふふ、ははは。なるほど、あなたはわたくし達レッドトライアイズを滅ぼしたのと同じ、異世界の勇者ということですか」

「確かに異世界から来たけど……僕は間違いで召喚された者だよ」

まあ、召喚されるはずだった本物がここに来ていたら、世界は滅んでいたかもしれないけどね。

あの泥棒《どろぼう》少年がこちらに来ていたらと思うと、つくづく恐ろしいな。あんまり考えたくないけど、悪行の限りを尽《つ》くしていただろう。

「異世界から召喚されたと、正直《しょうじき》に言ってしまっていいのですか？　いずれにせよ、やはりあなたは勇者ということ。つまりはわたくしの敵だ！」

アザベルは頭を抱《かか》えて岩から立ち上がり、僕へと短剣を投げつけてきた。

「レン！」

ファラさんが心配して僕の名前を叫ぶ。

「大丈夫、避《よ》けるまでもないよ」

アザベルの放った短剣は、僕の手前で地面に落ちた。何が起こっているのかわからないといった様子で、アザベルは狼狽《うろた》える。

「なっ！　何をした！」

「タネはわからないから面白《おもしろ》いんだよ」

アザベルには教えなかったけど、実は素材〝最上の空気〟でカーテンみたいなものを作ったんだよね。それを被《かぶ》っていると、悪意のある魔法や攻撃を遮《さえぎ》ることができるんだ。小さな結界といった感じかな。まだ試作品だからみんなには配《くば》っていないけど、今度みんなにもあげよう。

【最上の空気のカーテン】悪意のある攻撃や魔法を防ぐ。

「レンはやっぱり凄い。流石、私達のリーダーだね」

「そんなことはないよ。ファラのほうが凄いよ」

戦いの途中だけど、僕らはイチャイチャ。みんなのいない間に、イチャイチャするのだ。

そんな僕らの様子を窺いつつ、アザベルはこっそり自分の懐《ふところ》に手を伸《の》ばして呟く。

「ここは一旦、逃げるしかな……」

「逃がさないよ～」

「ぐはっ!!」

しかし、クリアクリスはそれを見逃さない。すかさず豪快《ごうかい》なドロップキックをかました。

アザベルは少し離れたところまで吹っ飛ばされ、地面をゴロゴロ転《ころ》がっていく。

「生きてるかな？」

「大丈夫だよ。手加減したから～」

流石に心配になったが、クリアクリスが無邪気《むじゃき》に言った。いや、アニメのようにぶっ飛んだんだけど、本当に大丈夫なのかな……？　念のため、転がったまま動かないアザベルの顔を覗き込む。

「大丈夫そうだね。気絶《きぜつ》してるけど」

ひとまず安心。

気絶したアザベルの体を持ち上げてアースドラゴンに乗せていると、ファラさんが声を上げた。

「レン、雪が降ってきたよ」

本当だ、目の前に白い雪がちらほら落ちてくる。ファラさんのほうを向くと、彼女は少し潤んだ瞳で空を眺《なが》めている。なんだか色っぽい。

少し恥ずかしくなりながら、ファラさんの隣《となり》に立って一緒に空を見上げた。

「もう、そんな季節なんだね」

「そうだね。ファラは寒くない？」

「少し寒いかも……」

「じゃあ、私が二人を温める！」

クリアクリスがすかさず僕とファラさんに飛びついてきて、二人一緒に温めてくれる。なんと可愛らしい子だろうか。

「ふふ、ありがと。クリアクリス」

僕は二人を抱き寄せて、その温かさを感じながらほっこりした。

もしこの幸せが理不尽《りふじん》に奪《うば》われたら、僕もアザベルのようになってしまうのかな。そうならないためにも、戦力増強《ぞうきょう》待ったなしだ。

第三話　捕まえはしたけれど……

「コネコネっと。これで身動き取れないぞ」

アースドラゴンの背に乗って、僕はアザベルに手枷足枷《てかせあしかせ》を取りつけた。贅沢《ぜいたく》にもアースドラゴンの鱗を使った枷です。いっぱいあるから、遠慮なく使えるのだ。ちなみに性能はこんな感じ。

【アースドラゴンの鱗でできた足枷】　ＳＴＲ－３０００　ＶＩＴ－４０００
ＤＥＸ－４０００　ＧＩ－５０００

【アースドラゴンの鱗でできた手枷】

ＩＮＴ－４０００　ＭＮＤ－４０００
ＳＴＲ－５０００　ＶＩＴ－４０００
ＤＥＸ－４０００　ＡＧＩ－３０００
ＩＮＴ－４０００　ＭＮＤ－４０００

これじゃ、指一本動かせないだろうな。アザベルは魔法陣を使ってくるから、魔法系のステータスを弱化できるのは、かなりありがたい。

「さて、あとは地面に世界樹の枝を刺してっと」

ズボッと世界樹の枝を地面に刺す。これで、ワルキューレとも連絡を取れるはず。

『コヒナタさん』

「ワルキューレ、どうだい？　準備はできた？」

『はい、大丈夫です』

流石、ワルキューレだ。詳《くわ》しい原理はわからないけど。

「ジャーブルの状況はどう？」

『レイティナ様からの要望で、既《すで》にルーラちゃんとイザベラちゃんを派遣《はけん》したところです』

「ルーラちゃんとイザベラちゃんを？」

なんでその二人なんだろう？

『レイティナ様の話では、逃げたジャーブルの領主に代わる人物を早めに派遣してもらえるよう、ルーラちゃんに教会と王族の間を取り持ってもらいたいそうです。イザベラちゃんは、相談役だと言っていました』

なるほどなるほど、教会と王族の承認《しょうにん》があれば、今後の統治がスムーズになるってことかな。

イザベラちゃんは、レイティナ様からの信頼も厚《あつ》いみたいだ。そうだ、イザベラちゃんのお父さん――ベルティナンドさんは一緒じゃないのかな？

聞いてみると、ワルキューレは苦笑《くしょう》した。

『ベルティナンドさんも行きたいと言ったのですが、イザベラちゃんに断《ことわ》られていました』

「あ～、そうなんだ」

ベルティナンドさん、イザベラちゃんが優秀《ゆうしゅう》すぎて親としては寂《さび》しいだろうな。

『それと、一つご報告が』

「えっ、何？」

もしかして、また魔族が来たのかな？

『イザベラちゃんのお母様が到着しました。今、ベルティナンドさんとお話ししています』

「あっ、忘れてた……」

そういえば、ベルティナンドさんの話を聞いた後、遠くに住んでいたイザベラちゃんのお母さん――ブレラさんを呼び寄せたんだった。色々と立て込んでたから忘れていたよ。

それにしても、随分《ずいぶん》早い到着だな？

「無事に来たんだな、良かった。予想より早かったけど」

『Aランクの冒険者が護衛を請《う》け負《お》ってくれたようです。ソロの冒険者で【疾風《しっぷう》の風】とか名乗っていましたよ。馬上の戦闘を得意としているため、馬も高性能みたいです』

冒険者ギルドのギルドマスター、ライチさんに頼んで、白金貨一枚で依頼を出した甲斐《かい》があったね。

それにしても、【疾風の風】……頭痛が痛いみたいな使い方だね。面白い名前をつけるもんだ。

「あ、そうだ。ブレラさん、イザベラちゃんには会っちゃった？」

『いえ、イザベラちゃんとは入れ違いになったようです』

「おっ、ということは、サプライズできそうだね」

『はい！』

僕の言葉に、ワルキューレも弾《はず》んだ声を返す。

まあ、イザベラちゃんへのサプライズは一旦置いておくとして。

「とりあえず、アザベルをジャーブルの街に戻そうか」

枷をつけているとはいえ、アザベルみたいな危《あぶ》ない奴を、ピースピアの近くに連れていきたくない。アザベルには、ジャーブルの牢屋《ろうや》にいてもらうことにしよう。ピースピアにはリッチがいるから、安心ではあるんだけどね。

……ん？　リッチ？

「ああ、そうか。リッチに来てもらえばいいのか」

死霊術士として最強のリッチをジャーブルに配置して、そこの牢屋にアザベルを入れることにしよう。リッチなら安心して任せられる。

「ドラゴン達を倒した時の素材をあげれば引き受けてくれそうだし、いけるな」

そうこうしているうちに、ワルキューレがこちら側に転移してきた。

「では、リッチもジャーブルに送りますか？」

「びっくりした……うん、そうしてもらおうかな」

アザベルも、気絶している間に完全包囲しておけば流石に諦《あきら》めるでしょ。

ここからはドラゴンで戻るつもりだったけど、ワルキューレが来てくれたなら転移でいっか。

「おっと、転移の前にアースドラゴンとレッドドラゴンは戻ってね。みんなびっくりするから」

『ギャオギャオ』

『クウン』

二匹の従魔は、ありがとうと僕に囁《ささや》いた。言葉がわかるわけじゃないけど、そう伝わってきたよ。


「おかえり」

「ただいま」

転移でアザベルの屋敷に戻ると、ルーファスさんが迎えてくれた。世界樹の枝を刺した、隠し通路の入り口あたりだ。

ルーファスさんは、僕の足元に転がって気絶したままのアザベルを見て言う。

「流石、レンだな。見事に捕まえてくれたか」

「まあね。でも、この人にも色々あったみたいで、一方的に悪と決めつけて始末しちゃうのは嫌だなと思って連れてきたんだ」

「そうか……」

ルーファスさんは複雑《ふくざつ》そうな顔をした。レッドトライアイズが滅んだ理由を考えると、僕の言うことをすぐに受け入れるのは難しいんだろう。もちろん僕も、すぐに理解してくれとは言わない。

「アザベルは手枷足枷を付けてるから心配ない。まずは僕からみんなに経緯《けいい》を説明するよ」

「わかった。それが一番早いな」

ルーファスさんはみんなを集めると言って、すぐに階段を上っていった。

復讐なんてつまらないのにな、と思うけど、アザベルはわかっていないんだろうか。どうにかして改心させたいな。

「レン……」

不安そうに、僕の名前を呼ぶファラさん。

「ファラさん、心配いらないよ。この人はもう何もできない。怖がらなくて大丈夫だよ。僕もいるし、クリアクリスだって、それにみんなもいるんだから」

「うん、私が守ってあげる！」

「ふふ、そうだったね。私達には、レンやクリアクリスがいるんだった」

ファラさんは、僕らの言葉に安心したように微笑んだ。ファラさんだって強いんだから大丈夫だよ。これから、さらに強い装備も作るしね。

「じゃあ行こう、ファラさん」

「うん！」

「私も～」

僕はファラさんの手を取って、階段を上り始めた。アザベルはワルキューレが担いでくれている。

アザベルがこれからの話し合いで、心を改めてくれればいいんだけどな。


「……というわけなんだ」

とりあえず、僕はみんなにアザベルの過去の話をした。こうして彼の境遇《きょうぐう》を知ってもらって、色々と判断してもらおうと思ったんだ。

ここは、アザベルの屋敷で一番大きな部屋。ソファーとテーブルを人数分用意して、みんなで向かい合わせに座っている。アザベルは少し離れたところのソファーに寝かせた。

僕がみんなの反応を見ていると、エイハブさんが口を開いた。

「レンは流石だな」

「えっ、何が？」

「気付いていたんだろ？　アザベルには何か事情があるって」

「……」

エイハブさんの質問に、僕は無言で返す。

僕は最初、疑問に思ったんだ。

レイティナ様はジャーブルの街の腐敗が許せなかったようだけど、市場の人々の様子からは、それほど街が腐敗しているようには見えなかった。

それに、なぜアザベルがわざわざ領主に成《な》り代わったのか。人族に恨みがあってただ復讐したいなら、わざわざ領主になる必要はない。

行商のルーシーさんが乗っていた馬車を襲った時も、単純に時間稼ぎのためでしかなかった。

アザベルはブザクほどの悪行を働いていないし、不特定多数の人間を殺そうとしているわけでもないように見える。

僕がその推測について話そうとすると、アザベルがそれを遮った。

「事情など、何もありませんよ……」

やっと起きたみたいだね。

「すまないが、起こしてくれませんか？　指一本動かせない」

アザベルはソファーに横たわったまま、口以外は動かせないようだ。アースドラゴンの鱗を使った装備だからね、まあ普通は無理だよな～。

「俺が起こしてやるよ」

ルーファスさんがそう言って、アザベルに近づいていく。殺意ダダ漏《も》れだけど、紳士《しんし》だから大丈夫だよね、ルーファスさん？

ルーファスさんはアザベルに向かって手を伸ばし、なぜか彼の顔を持ち上げた。逆の手には、これまたなぜかトマトが握られていて……べちゃっとアザベルの顔が赤く染《そ》められる。

「おっと～、トマトを持ったままだった、すまないな」

「……いや、ちょうどトマトが食べたかったんだ。ありがとう」

アザベルの顔面で潰されたトマト。あんまり、仕返しでヒートアップしないでほしいんだけど。

仕方ないので僕がトマトまみれの顔を拭いてあげて、改めてアザベルの話を聞くことにする。

「わたくしがここに来たのは、一年と少し前です。この街のスラムは今以上に広く、街の半分に及《およ》んでいました。領主に成り代わったのは、そのほうが都合が良いこともあるだろうと思ったからです。もっとも、スラムを整備《せいび》したのはただの気まぐれですが」

ということは、アザベルが来てからスラムは縮小《しゅくしょう》したのか。

でも、それならなんでレイティナ様に言わなかったんだ？

僕と同じことを考えたようで、レイティナ様が声を荒《あら》らげた。

「あなたが改善させたというのなら、なぜあの時、そう言わなかったの？　あなたは、裕《ゆう》福《ふく》な者達の声だけを聞いていたんでしょう？　私の意見に耳を傾《かたむ》けず、さらなる改善を断ったのはなぜ⁉」

「やはり幼稚《ようち》ですね。一度にすべてを変えることはできないし、そんなことをすれば混乱を生む。貧しい者達を優先し、そこで裕福な者達との軋轢《あつれき》が生まれたらどうしますか？」

確かに、アザベルの言うことにも一理ある。

一度にすべてを変えようとしたら、反対する人が暴れ出すかもね。それに今回の場合、反対するのはお金持ちや武力を持った人だろう。慎重《しんちょう》にやらないと、めんどくさいことになりそうだ。

「私は別に、すべてを変えようとしたわけじゃ……」

「だがあなたは、王家の紋章《もんしょう》まで持ち出して命じたでしょう？　そのような言い訳、王族として恥ずかしくないんですか」

アザベルの反論に、涙目になるレイティナ様。

「……これから、この街をどうするつもり？」

「どうもしない」

ファラさんの質問に、アザベルはぷいとそっぽを向いて答える。

するとエイハブが強い口調《くちょう》で畳《たた》みかけた。

「お前の過去は聞いた。人族に恨みがあるんだろ？　それなのに、どうもしないってのはどういうことだ。お前はこれから、どうするつもりなんだ？」

「恨みはあります。それを隠すつもりもない。今でもわたくしは、君達——人族を燃やし尽くしてやりたいと思っていますよ」

三つの目をギラギラと赤黒く輝かせて、そう言い切るアザベル。剥き出しの殺意が僕らに向けられている。僕は尋《たず》ねた。

「君は復讐を続けるの？」

「……街を襲うつもりはない。差し当たって、今は……」

「今は、か……」

家族を理不尽に奪われて、その仇を取れていないのに、復讐の火が消えるわけないよな。たとえ仇が取れても、それで気が済むとは限らない。その時になってみないとわからないだろうね。

アザベルの真意はまだわからないけど、ただの腐《くさ》った奴だとはどうしても思えない。もう少し、アザベルと話す時間が必要だろう。

「とにかく、これからこの街は、レイティナ様とイザベラちゃん主導で手を加えていく。それにはルーラちゃんの協力も必要なんだ。頼むね」

「先ほど教会へ行って、今後の話をしてきた。教会も全面的に協力するのじゃ」

この街にも、星光《せいこう》教会がある。

ワルキューレと一緒に開発した、世界樹の雫を用《もち》いた武器、ワールド・ウォータースプラッシュのおかげで、悪意のある人々の力が弱まっている。

教会からも、簡単に協力を得られるだろう。これなら、スラムの問題が改善するのも時間の問題だね。

「……教会も味方につけているのですか」

「つけたつもりはないんだけどね」

アザベルが唖然《あぜん》とした表情で言った。

僕は別に味方につけようと思ってないんだけど、いつの間にかそうなっちゃってるんだよね。

「レンはとても凄い人だから、みんな集まってくるんだよ」

「お兄ちゃんはすご～いの」

ファラさんとクリアクリスがそう言って、僕を見つめる。クリアクリスは大きくバンザイをしていて、元気いっぱいだ。

スキルは確かに凄いかもね。でも僕自身は、う～ん、いつまでもただの優柔不断《ゆうじゅうふだん》な男ですよ。

「……では、この街はあなた達に任せますよ。自由にしてください。せっかくですから、わたくしも、少し手を貸してあげましょう。巨人の手をね。勝てたら、有利に事を進められるはずですすよ」

「言われなくても自由にするよ……って巨人？　あらら……」

巨人の手って何？　と聞こうとしたところで、彼の顔がみるみる変化していった。皮膚《ひふ》がただれて、見るも無残《むざん》な姿に変わっていく。その体からも、たくさんの虫が這《は》い出てきた。

どうやらアザベルは、いつの間にか影武者を作り出して操っていたようだ。ようやく捕まえたと思ったけど、偽物だったなんて。

「リッチ」

「ああ、わかっている」

中身の抜けたアザベルの体を、すぐにリッチに操らせる。見るも無残なアザベルの体は、リッチの力で立ち上がった。

「痕跡《こんせき》があるのは北東……方角しかわからないな」

生ける屍《しかばね》といった体から、何かを読み取っているらしいリッチが方角を示した。それがわかるだけでも優秀だ。

「そういえば、さっき奴が逃げていたのも北東の方角だね」

目的もなく逃げていると思ってたけど、何かあるのかもな。

その時突然、地面が揺れ始めた。

「ん？　地震？」

「キャ～～!!」

「何だあれは～～！」

揺れが続く中、屋敷の外からけたたましい叫び声が聞こえてきた。地揺れに驚《おどろ》いているというわけでもなさそうだ。その恐怖におののく声に、僕らはすぐに外へと走り出した。

「レン、あれ！」

「うわ～……」

みんなで屋敷から飛び出すと、驚くほど大きな巨人の姿が見えた。

急いで街の城壁《じょうへき》から外へ出ると、巨人は街を目指して歩いてきている。

アザベルの言ってた〝巨人の手〟って、あれのことか。勝てたら有利に事を進められるっていうのは、まさかあれを倒して街を守れたら、住民の支持が得られるっていう意味？

第四話　英雄にされてました

「おいおい、流石にあんなものを相手にはできないぞ」

エイハブさんが唖然として巨人を見上げている。

確かにあんな巨人の攻撃を食らったら、僕らのステータスでも耐えられるかわからない。

でも新しく作った、あの装備ならいけるんじゃないかな。試してみないとわからないね。

……試してみたいな。

ということで。

「新しい装備が耐えられるか、試してみようかな」

「私がやる～」

「いやいや、まずは僕がね」

「いえ、私が」

「俺が」

「いやいや、あのね」

まずは作った本人である僕が戦ってみようと思ったんだけど、クリアクリスを筆頭《ひっとう》に、みんな次々と手を挙《あ》げて訴《うった》えてきた。

いやいや、僕なら雫もいっぱい持ってるし、安全なんだけど。

「みんな雫を持っていますし、大丈夫です。私が行きます！」

「私が、ダークエルフを代表して役に立ってみせる」

とにかく、ファラさんとニーナさんの圧が凄い。そんなに気張《きば》らないでほしいな。

まあ、クリアクリスだけは戦いたがりだからいつも通りだけど。

「じゃあわかった、みんなでやろうか。新しく作ったこの装備を身につけてね」

アザベルの手枷足枷を作った時に、アースドラゴンとレッドドラゴンの鱗を加工した装備も作っていたんだよね。急いで作っちゃったものだけど、性能を見る限り、問題はなかったから大丈夫だろう。

僕はちゃっちゃと装備をみんなに渡す。

「はい、みんなはこれを着て。クリアクリスは、この指輪をつけてね」

「指輪～？」

クリアクリスの全身装備は、現役で使ってもらうつもりだ。小柄な彼女専用の装備は、まだ作れてないんだよね。

代わりに作った指輪をはめてあげると、クリアクリスはキラキラした目で自分の指を見つめた。

「それは、アースドラゴンとレッドドラゴンの鱗を合わせて指輪にしたものだよ。ステータスをアップしてくれるから、装備を新しくしなくても強くなれるんだぞ」

鎧よりはもちろん弱いけど、装飾品《そうしょくひん》としては反則クラスだ。性能はこんな感じ。

【地と炎を宿す神の指輪】 ＳＴＲ＋２０００　ＶＩＴ＋２０００　ＤＥＸ＋２０００
ＡＧＩ＋２０００　ＩＮＴ＋２０００　ＭＮＤ＋２０００

神の指輪なんて大層な名前がついてしまっています。

ドラゴンの素材を使うと、どれも恐ろしい装備になってしまう。これは流石に僕らとダークエルフさん達だけの装備になりそうだ。

「む～、私もそれが欲しい」

クリアクリスの指輪を見ながら、ニーナさんが指を咥《くわ》えて欲しがっている。

「ええっ、鎧はこれよりも強いよ？」

「違う、欲しいのは性能じゃない。指輪……」

「あ～、そこ……」

装飾品は、特に女性陣が欲しがるんだよな～。さりげなくスルーしておこうと視線を逸《そ》らすと、エイハブさんが声を上げた。

「レン！　あちらさんはやる気みたいだぞ！」

みんなでわいわいしている間に、巨人が街の城壁に向かってゆっくり手を振り上げていた。

「おっと、じゃあみんなは着替えて。先に僕とクリアクリスで押さえておくから。いくよ、クリアクリス！」

「は～い！　むふ～、強そう～」

僕は急いでみんなに声をかけてから、クリアクリスを抱き上げて街の城壁に上り、空に飛び上がる。

　すると巨人が僕らに気付いて、こっちに向かって拳を振り下ろしてきた。

「クリアクリス！」

「わ～い、高い高～い」

　拳が僕らに届く前に、クリアクリスを放り上げる。そして僕は、巨人の拳を思いっきり蹴《け》り上げた。

　アザベルは、今は街を襲わないと言っていた。それなのに、巨人を差し向けて街を壊そうとしてる。少しは良い奴なのかもしれないと思ったのに、裏切られた思いだ。

『オォォォォ』

　拳を蹴られたことで体勢を崩した巨人は、大きく後ろに転がった。

「今度は手加減しないよ～。【宝剣クリアクリスブレード】」

　それはそれは大きな青い剣をマナで作り出し、アダマンタイトの短剣に纏《まと》わせたクリアクリス。これは、彼女自身で編《あ》み出した新技みたい。

　上空から落下しながら、容赦《ようしゃ》なく青い剣を振り下ろし、巨人の上半身を真《ま》っ二《ぷた》つに斬《き》り裂《さ》いた。

「あら？　終わっちゃった？　あっけないな～」

「コヒナタ、あれでは死なん。核《かく》となるものがあるはずだ。それを壊せば私が操ることができる」

着地したところにリッチが浮遊《ふゆう》してきて、教えてくれた。対処法を聞いて僕は頷《うなず》く。

「なるほど、核か」

「次は私達が！」

「クリアクリスにばかり暴れさせない！」

今度はファラさんとニーナさんが大きく跳躍《ちょうやく》して、城壁を足場に飛び上がった。

『オォォォオ』

一方巨人は真っ二つになりながらも、それぞれの胴体で起き上がろうとしている。そこへ。

「は〜っ……は〜！」

「【ブラストショット】」

ファラさんからは凄《すさ》まじい剣圧が、ニーナさんからは少し大きめの矢が放たれた。

いつの間に習得したのか、ファラさんも見たことのない技を使っている。

それらが着弾すると同時に、轟音《ごうおん》が響《ひび》きわたり衝撃波《しょうげきは》が伝わる。巨人は再度地面に倒れた。

「次は俺達だな。大丈夫か？　斥候のルーファス」

「ちっ、今は戦士のルーファスだよ。お前こそ、槍で突っついて倒せるのか？」

「槍はこんな使い方もできるんだぜ。見せてやるよ」

そう言ってエイハブさんとルーファスさんも、ファラさん達と同じ方法で大きく跳躍する。

「ぐっ！　はあ〜〜……【ブラストハンマー】！」

空中で力を込めるエイハブさん。槍の先端《せんたん》にマナが溜《た》まっていき、それはハンマーの形状になる。そのまま巨人の体に叩きつけると、電撃が走った。

ルーファスさんもそれに続く。

「【マジックブレード】、さらに【スラッシュ】！」

両手の短剣にマナを流して大きな剣を作り出し、バツの字に剣圧を放つ。剣圧が巨人の体を斬り裂き、首が切断された。

「完全にオーバーキルだよ」

「それでも死んではいないがな」

僕とリッチは、攻撃の様子を見ながらそんな会話をする。

みんな、レッドドラゴンとアースドラゴンの赤と黄色に輝く鎧が似合うな〜、カッコいいな〜。

オォォォォ、という巨人の唸《うな》り声。

そして、キャ〜〜という街の人達の悲鳴。

そんな中、僕らは冷静に巨人を見据《みす》えた。そこに、攻撃を終えたエイハブさんがやってくる。

「レン、あいつの体はゾンビ達が集まってできているようだ。幾重《いくえ》にも重なって再生してる」

つまりあいつは、巨人ゾンビというわけか。

巨人ゾンビの切断箇所《かしょ》には、何かが集まっていき元の姿に回復している。あの集まっているのがゾンビということらしい。確かに凄い回復力だ。

「リッチ、核がどこにあるかわからないの？」

「うむ、私も探《さが》しているんだが、反応する場所がすぐにずれる。核が体の中で移動しているようだ」

じゃあ、全身を攻撃していくしかないかな。

「皆にばかり暴れられては、私も面白くない。ここは私の奥の手も披露《ひろう》しておくか」

リッチはそう言って、ケタケタと笑い手を叩いた。

「デーモンスケルトン、出番だ」

その言葉を合図に、城壁の下の地面に魔法陣が描《えが》かれていく。

幾重にも描かれた魔法陣から、普通のタイプとは違う、悪魔のような尻尾や角《つの》の生《は》えたスケルトンが二、三十体現れた。

「さらに……いでよ、ガシャドクロ！」

リッチが手をかざし、上空にも魔法陣を描いた。

その魔法陣からは足が出てきて、やがて全身がゆっくりと地面に着地した。

巨人ゾンビより少し小さいくらいのスケルトン――ガシャドクロは、目にユラユラと火の玉を輝かせて巨人ゾンビを睨みつけた。

「ガシャドクロは敵の動きを押さえよ。デーモンは魔法の構築を」

リッチの命令に、すべてのスケルトン達が反応を示してカタカタと音を鳴らした。

すぐにデーモンスケルトンが大きな魔法陣を描き、ガシャドクロは巨人ゾンビに向かって走っていく。

ジャーブルの街には、地鳴りが響く。流石は巨人同士の戦いだな。

「皆も次の攻撃準備をしておいてくれ。これでも仕留《しと》めきれないかもしれん」

「大丈夫だよ。みんな下で準備してる」

リッチの言葉に、僕は下を指差した。

既にみんなは、城壁の下で武器にマナを溜めている。気付けばエイハブさんも合流していて、みんなそれぞれの武器に纏わせたマナが凄いことになっている。

それにしても、あんな風に武器の形状をマナで変えるのは初めて見た。

「コヒナタの武器は、どれもマナとの親和性《しんわせい》が高いからな。あのようなことができるんだろう。普通の武器や防具では、すぐにマナが霧散《むさん》して消えていってしまう。流石としか言いようがないな」

へ～。それを最初にやったクリアクリスは凄いな。彼女はどこまで先を行くんだろうか？

「あの魔族の娘は凄いな。魔王を超《こ》える存在じゃないか？」

「リッチもやっぱりそう思う？」

リッチは、クリアクリスの強さをべた褒め。

魔王を超える、か。薄々感づいてはいたんだけどね、口には出さないようにしていたんだよ。魔王ってやっぱり、悪いイメージがあるからね。

「構築が終わったな、デーモン！　やれ！」

『【ハンドレッドバスターソード】』

リッチが指示を出すと、デーモンスケルトン達が描いた魔法陣から、無数の大剣が飛び出した。

格闘していたガシャドクロが巨人ゾンビを地面に押し倒し、その両手両足に大剣が突き刺さって巨体を地面に張りつける。

「おしまいだ」

リッチがそう言って、巨人ゾンビから目を背《そむ》けた。

背を向けるリッチは、なんだかカッコよく見える。

ガシャドクロはケタケタ笑いながら自身の骨をばらけさせ、巨人ゾンビにのしかかった。まるでアイアンメイデンのように、ガシャドクロの骨が巨人ゾンビに食い込んでいく。

ガシャドクロの骨が巨体に埋《う》まって見えなくなると、巨人ゾンビの口から大きな赤い核が這い出てきた。無数の虫も、核と一緒に逃げるように外に出てきたようだ。

骨が全身にくまなく食い込んだことで、核の逃げ場がなくなったのだろう。リッチの力は流石だね。

「みんな、いっくよ～！」

クリアクリスが大きな声で号令をかけると、みんなは一斉に赤い核に向かって武器を突き出す。

「「「【エレメントレーザー】！」」」

みんなの武器の先端から、マナを凝縮《ぎょうしゅく》したレーザーが放たれる。レーザーの色は一人ひとり違っていて、とても綺麗だ。あれはみんなのマナの色なのかな？

クリアクリスは青でファラさんは赤、エイハブさんは紫でルーファスさんは黒、ニーナさんは緑。なんだか戦隊ものみたいでいいな～。

僕だったら何色がいいだろう？　シルバーとか好きだし、カッコよくていいかも。なんとかシルバーのマナを出せるようになりたいな。

っていうかみんな、いつの間にそんな技を出せるようになったの？　僕の知らないところで新しい技をどんどん習得してるような……。ちょっと抜け駆けされた気分です。

心の中で拗《す》ねているうちに、巨人ゾンビの虫達がレーザーで焼かれていく。虫は焼け落ちて動きを止めた。

『オォォ……』

そして最後に核が撃《う》ち抜かれて、巨人ゾンビは断末魔《だんまつま》の叫びとともに破裂《はれつ》した。

僕の仲間達だけで、あんな化け物も簡単に退治してしまいました。僕もカッコつけたかったな～。

「お兄ちゃ～ん、終わったよ～」

「ああ、見てたよ。みんなカッコよかったね」

「お兄ちゃんもカッコよかったよ。あんな巨人の手を蹴《け》っ飛《と》ばしちゃうんだもん。やっぱり、お兄ちゃんはカッコいいな～」

クリアクリスが駆け寄ってきて、僕に抱きついた。僕は抱きとめて微笑む。

この子は本当に心優しい子だよ。今回ほとんど戦ってない僕を気遣《きづか》って、カッコいいって言ってくれるんだもの。ほろりと涙がこぼれそうです。

「よし、これでこの巨人は私のものだな」

核を破壊され、改めて死体の塊《かたまり》となった巨人をリッチが支配した。

「ガシャドクロとのタッグは恐ろしそうだね。死体の山でできた巨人だから、名前はデッドジャイアントがいいかな？」

ガシャドクロと、僕命名のデッドジャイアントがタッグを組んで戦ったら凄いことになるだろうな〜。見てみたい気もするけど、想像すると危ない感じだな〜。

「皆の者、安心せよ。わらわは星光教会の巫女、ルーラという。我らの英雄達が今、悪《あ》しき巨人を懲《こ》らしめた。これから巨人は我らの仲間となり、この街を守っていくのじゃ」

リッチと話していると、街のほうからそんな声が聞こえてきた。

城壁の上から、ルーラちゃんが街の人々に呼びかけている。不安を感じていた住民達を安心させるために、無事巨人を倒したことを知らせているようだ。その横にはイザベラちゃんもいるので、安心感が増すね。

「いなくなった領主に代わり、当面は我らがこの街を守っていく。しばらくの間、我慢してほしい」

すると続いて、イザベラちゃんが一歩前に出て口を開く。

「私はイザベラです。ピースピアからやってきました」

「ピースピアってあの、エルドレット様が言っていた？」

イザベラちゃんの言葉を聞いて、住民の方々がエルドレット様の名を呟く。

レイズエンドの王様で、レイティナ様のお父さんでもあるエルドレット様。

エルドレット様はピースピアを国として認め、王冠《おうかん》の力を使って全国民にそのことを広めてくれたのだ。

「私達は他の用でこの街に来たのですが、領主アザベルが悪しき者達と繋がっていたことを知りました。領主はこの街から逃げ、さらにはあの巨人をここに呼び寄せたのです」

イザベラちゃんの言葉に住民の皆さんは困惑している様子だ。

「しかし巨人は、英雄の皆様のおかげで退治できました。これからここは平和な街になります、安心してください」

イザベラちゃんは子供とは思えない落ち着いた口調でそう言い、微笑んだ。住民の皆さんは安心したように胸に手を当てている。

ルーラちゃんが再び口を開く。

「何かあればすぐに教会に言ってほしい。新しい領主が来るまでの間、我々が責任をもって統治していくつもりじゃ」

ルーラちゃんはそう言って教会を指差す。教会の前には大勢の人が立っていて、全員一斉にお辞儀《じぎ》した。良い人ばかりになったおかげで、こんなことができるようになったんだよな。流石、世界樹の雫だ。

「巫女様！　巨人を退治してくれた方々はどなたなのですか？」

「ぜひお名前を教えてください」

「お礼を言いたいのですが」

住民から英雄についての質問の声が上がり、街は盛《も》り上がる。

ルーラちゃんは困った顔で僕を見下《みお》ろした。僕は正直に言っていいと思ったので頷いて応《こた》えたんだけど、ルーラちゃんが満面の笑みで口を開こうとしたところで、イザベラちゃんがそれを遮った。

「英雄様方は、ピースピアの守護者達……ヴァルキリーといいます」

「ヴァルキリー？」

住民の方々が口々にヴァルキリーと呟く。

「ヴァルキリーか！」

「ヴァルキリー！　ありがとう！」

イザベラちゃんが新しい物語を作り出した瞬間だ。

イザベラちゃんは僕らの名前が広まらないように、迷惑《めいわく》にならないように、ヴァルキリーって名前の英雄ってことにしたんだ。彼女なりに頑張って名前をつけたんだろうけど……。

「ヴァルキリー！」

「ヴァルキリー！」

「ヴァルキリー！」

「ヴァルキリー！」

住民が声を揃《そろ》えて名を呼び、輝いた目で僕らを見つめた。

なんだかとても恥ずかしいです。これは早いところ退散《たいさん》しよう。

歓声が上がる中、そそくさとその場を離れて領主の屋敷に向かっていると、イザベラちゃんとルーラちゃんが合流する。

イザベラちゃんは僕に頭を下げた。

「すみません。できるだけいい名前をと考えたのですが、変でしたか？」

「僕らに迷惑がかからないようにしてくれたんでしょ、ありがとう。それに、いい名前だと思うよ……ちょっと恥ずかしいけど」

イザベラちゃんの頭を撫でながらお礼を伝える。

僕は深く考えずに正体《しょうたい》を教えてもいいと思っちゃったけど、名前をそのまま伝えてあまり有名になったら、今後動きづらくなるよね。イザベラちゃんが機転《きてん》を利《き》かせてくれて良かった。

「当分は、わらわに任せよ。この街をいい方向に導いてみせよう」

「ああ、ルーラちゃん。頼りにしてるよ」

ルーラちゃんはない胸を張って、任せろと言った。

「ふふん。イザベラにも手伝ってもらうが、護衛に誰かついてもらったほうがいいかもしれんの」

「では私がつこう。イザベラにも色々と世話になったしな」

ニーナさんがルーラちゃんの言葉に手を挙げた。うん、ニーナさんなら安心だ。それでも僕は心配性だから、色々装備品とか置いていくけどね。

「とりあえず、屋敷に入って作戦会議だね」

ということで、英雄ヴァルキリーが誕生《たんじょう》しました。

第五話　さらに北へ

ヴァルキリーが誕生して三日が経《た》った。エレナさんも合流し、みんなはジャーブルの街で、困っている人達のために働いている。

「イザベラ。これは教会に届けるのか？」

「はい。教会です、ニーナさん」

イザベラちゃんがニーナさんに色々と指示をしている。エレナさんやファラさんも手伝っているみたいだ。

彼女はニーナさんの村を大きくしてから、どんどん成長してるようだな。

後から来たベルティナンドさんも、大いに喜んでる。

「イザベラ、少し休みなさい。コヒナタ様が来てくださってるから」

「え、コヒナタ様？」

ベルティナンドさんに言われて、僕に気が付いたイザベラちゃん。跳ねるように近づいてきた。

クリアクリスと違って抱きついてはこないけど、同じくらいの勢いだな。

「ではコヒナタ様。イザベラをよろしくお願いします」

「よ、よろしくお願いします」

ベルティナンドさんが僕に言うと、イザベラちゃんも、もじもじしながら重ねてお願いしてきた。思わず頭を撫でると彼女の顔は真っ赤《まっか》になった。

ということで、イザベラちゃんに息抜きしてもらうために、転移でピースピアに戻ってきた。

送り迎えはワルキューレにお願いしている。彼女の転移は本当に便利だ。世界樹の枝をもっと色んなところに刺して、転移しやすいようにしなくちゃな。

「どこか行きたいところはある？」

「そ、そうですね。じゃあ」

イザベラちゃんに質問すると、彼女は冒険者ギルドに向かって歩き出した。僕は不思議に思って尋ねる。

「冒険者ギルド？」

「はい！　ポーションが切れたと聞いていたので」

ははは、やっぱりイザベラちゃんは、息抜きよりも仕事みたいだな。

ポーションを卸《おろ》した後は、次の場所へと歩き出す。こっちは教会かな？

「教会にもポーションを？」

「はい！　ナーナさんが、在庫が少なくなってきたと仰《おっしゃ》っていたようなので。ジャーブルで結構使っているので、どうしてもなくなるのが早いんです」

またもやポーションを渡しにいくようだ。

ジャーブルの街は領主が一時的にいない状況なので、魔物への対策が滞《とどこお》ってしまっている。そのためピースピアの冒険者ギルドと教会から人を転移させて守ってもらってるんだけど、おかげでポーション等の消耗品《しょうもうひん》が不足しているみたい。

「ありがとうね、イザベラちゃん」

「あ、いえ……」

彼女の頭を撫でてお礼を言うと、微笑んでくれる。

小さな体で一生懸命《いっしょうけんめい》働いてくれるイザベラちゃん。彼女には幸せになってほしいもんだ。

「さて、次は本当に行きたいところに行こうね、イザベラちゃん」

「はい！　じゃあ」

教会にポーションを配り終えて、次の場所へ。

イザベラちゃんが向かったのは、僕の屋敷だった。

「ここ？」

「はい。行きたいところはこの上ですから」

世界樹を見上げて話す、イザベラちゃん。

そうか、そういえば絶景《ぜっけい》が目の前にあったんだったな。

「ワルキューレ。上に転移させてくれるかな」

「了解しました」

屋敷のリビングで待機していたワルキューレにお願いすると、僕とイザベラちゃんはすぐに世界樹の頂上へと転移した。

風が凄くてイザベラちゃんが飛んでいっちゃいそうになって、慌てて抱きかかえてあげる。

「ふふ、では私は下に戻っていますね」

ワルキューレは顔が赤くなったイザベラちゃんを見て笑うと、転移していった。

「綺麗ですね」

「うん、初めて上った時よりも街が大きくなって綺麗だ」

足元の風景を見下ろしながら、イザベラちゃんの言葉に同意する。

二重の城壁に囲まれたピースピア。初めて世界樹に上った時は一枚の城壁だったけど、今は内壁と外壁の二枚になってる。僕のスキルで簡単に作った壁は、魔物の襲撃《しゅうげき》にも耐えてくれた。なんだか懐《なつ》かしいな。

「はぁ～」

大きなため息をつくイザベラちゃん。本当はかなり疲れてたんだろうな。

「ありがとうございます、コヒナタ様。お休みをいただいて」

「イザベラちゃんには色々と助けられてるからね。他にも何かしてほしいことがあったら、なんでも言ってよ」

「は、はい。なんでもですか？」

「うん」

僕が頷くと、イザベラちゃんはギュッと僕の服を掴む手を強めた。頬を赤く染めて見つめてくる。

「イザベラちゃん？」

「あ！　いえ……」

首を傾げて問いかけると、彼女は顔を背けた。

「……つ、強く抱きしめてくれませんか？」

顔を背けたまま、そう言う彼女。

そんなことでいいのかな？　そう思いながら、抱きかかえていた彼女を降ろして、労《ねぎら》いの気持ちを込めて抱きしめる。彼女はそれに応えるように、僕に抱きついた。

「ありがとうございます……」

小さく呟くイザベラちゃん。

これだけでいいのだろうか？　よっぽど疲れてたんだね。謙虚《けんきょ》な彼女には、もっと何かプレゼントしたいな。

しばらく抱きしめていると、彼女は力を緩めて街を見下ろした。

「そろそろ帰りましょうか」

イザベラちゃんは、真っ赤な顔を隠すように俯きながら呟く。するとすぐにワルキューレが現れて、屋敷へと転移してくれた。

そこで待っていたのは、イザベラちゃんにとっては思いもよらない人だった。彼女はその人を見て固まってしまう。

「イザベラ……大きくなったわね」

「……もしかして、お、お母様……ですか⁉」

イザベラちゃんのお母さん、ブレラさんだ。三日前にピースピアに到着してから、ずっとこの屋敷にいたんだよね。

これは事前にワルキューレと計画していたサプライズだ。さっき僕らが転移した後、ワルキューレにベルティナンドさんとブレラさんを連れてきてもらったのだ。

最高のサプライズは、最高の状態でやらなきゃね。

ベルティナンドさんから聞いた話だと、ブレラさんと離れ離れになったのはずっと前のことで、亡《な》くなったことにしていたらしい。でも、イザベラちゃんは一目見てわかったようだ。

「お母様！」

イザベラちゃんは泣きながらブレラさんに抱きつき、ブレラさんも涙を流して抱擁《ほうよう》を返す。そこへベルティナンドさんが加わり、二人まとめて抱きしめた。

僕も、もらい泣きしてしまう。クリアクリスが両親と再会した時も泣いてしまったけど、僕も年かな。

「お母様……死んでしまったって聞いていたのに……」

「ごめんなさいね、イザベラ。お父さんがコリンズ様の元へ行く時に、私に危険がないようにと村に残してくれて、死んだことにしていたの。彼は少し問題がある領主だと有名だったから」

コリンズがイザベラちゃんを気に入ってしまったせいで、ベルティナンドさんは彼女を連れていくしかなかったけど、本当はブレラさんと一緒に故郷の村にかくまってあげたかっただろうな。

「すべて私が悪いんだ、ブレラ。君の謝《あやま》ることじゃない」

庇《かば》うようにベルティナンドさんが言うと、みんな泣きながら再度抱き合った。

「感動の再会は、もっとパーッと明るくしないと！　ねっレンレン！」

ちょっと湿《しめ》っぽくなってしまった雰囲気《ふんいき》の中、ウィンディがやってきて声を上げた。このサプライズのために、ワルキューレやウィンディ達にパーティーの準備も頼んでいた。

テーブルにはもうたくさんの料理が並んでる。

ジャーブルで働いていたいつもの仲間達にもワルキューレが声をかけて、このために戻ってきてくれた。

元気なウィンディに促されてみんなが着席したところで、僕が音頭《おんど》を取る。

「ブレラさん、ようこそピースピアへ。ご家族が無事に再会できてよかったです。ということで、長く話すのも白けてしまうのでカンパーイ！」

「「カンパーイ！」」

乾杯《かんぱい》の合図でみんながコップを掲げる。

歓談《かんだん》を微笑んで見ていると、イザベラちゃんが僕の席へと近づいてきた。

「ありがとうございます、コヒナタ様」

「いやいや、いいんだよイザベラちゃん。君にはもっと幸せになってほしいからね」

お礼を言ってきたイザベラちゃんの頭を撫でて話す。

彼女は頬を赤く染めて、僕を見つめてきた。

「あっ、あの！　コヒナタ様……」

「ん？　どうしたの？」

イザベラちゃんが大きな声で呼びかけるから続きを待ったんだけど、彼女は何も言わず、もじもじと手遊びを始めてしまう。

首を傾げていると、ベルティナンドさんとブレラさんがやってきた。

「コヒナタ様、本当にありがとうございました」

「夫から色々と聞きました。二人の命を助けていただいたばかりか、衣食住の面倒までみてくださったと……このご恩は必ずお返しします」

深々とお辞儀をした二人。恐縮《きょうしゅく》していると、突然イザベラちゃんが僕の頬にキスをした。

「ええ⁉」

思わず驚きの声を上げてしまう。ベルティナンドさん達は微笑んでいた。いや、微笑んでる場合じゃないでしょ？

「あ～ん。レンレンにキッス、私もしたい～」

「お兄ちゃん、私も～」

ウィンディとクリアクリスもねだってくるけど、ファラさんとエレナさんに止められていた。

「私、コヒナタ様に返せるものが見つからなくて……私のような子供にこんなことをされても嬉しくないと思いますが……こんなことしか思いつかなくて、ごめんなさい」

俯き加減で、そんなことを言うイザベラちゃん。

みんなと顔を見合わせて、僕は苦笑しながらため息をつく。それから、彼女をお姫様抱っこした。

彼女は驚いて僕を見る。

「嬉しいよ、イザベラちゃん。それに、充分返してもらってるんだよ。たくさん僕達を手伝ってくれてるし、何より、君がベルティナンドさんとブレラさんと再会できたことが嬉しい。それだけで満足だよ」

「コヒナタ様……」

クリアクリスとご両親のこともそうだけど、もう二度と会えないと思っていた人と会えた。その時の感動は、どんな映画や物語の名シーンよりも尊《とうと》いものだと思う。

そんな感動を分けてくれたことには感謝しかないよ。まあ、そもそもの話をすれば、離ればなれになること自体が悲しいことだから、あまりあってほしくないけどね。

僕は、ブレラさんにも伝える。

「これからブレラさんもこの街の住民です。ということは、僕の家族みたいなものです。だから恩を返そうなんて思わなくていいんですよ」

「……はい！　コヒナタ様は聞いていた通りの方のようですね。では陰《かげ》ながら返させてもらいます」

ブレラさんはそう言ってクスクスと笑う。ベルティナンドさんから何やら僕のことも聞いてたみたいだな。

「コヒナタ様にはファラ様がいらっしゃるからなあ。四番……五番目の妻ということに……」

そのベルティナンドさんは顎に手を当てて呟いてる。何か変なこと言ってるな。

「お父様⁉　何を言ってるんですか！」

「痛いっ！　いやいや、娘の幸せを願うのは親として当たり前で……！」

イザベラちゃんが僕の腕から飛び出して、ベルティナンドさんに盛大《せいだい》にビンタした。ブレラさんは楽しそうにその様子を見ている。そして目に涙を浮かべて呟いた。

「ふふ、こんなに幸せでいいのかしら」

どうやら、イザベラちゃんの家族を幸せにできたみたいだ。

サプライズは大成功に終わった。

それからみんなでますます精力的《せいりょくてき》に働き、ジャーブルの街は平和になっていった。

ルーラちゃんとイザベラちゃん、レイティナ様、そしてピースピアから出向してくれたギルドや教会の人達のおかげで、住民の不安が取り除《のぞ》かれていく。

巨人との戦いに巻き込まれて怪我をしてしまったり恐怖を感じたりした人には、教会で魔法によるケアが受けられるようにした。

イザベラちゃんやベルティナンドさんが街づくりの公共事業を始めたことで、定職を得て、衣食住への不安が解消された人も多いみたいだ。

ルーラちゃんは現地の教会で指揮《しき》を執《と》り、怪我人や孤児達を全員受け入れた。大変そうだったけど、頑張っていたよ。

レイティナ様は彼女だからこそできるやり方で、スラムをどうにかしようと動いた。

ジャーブルにも貴族がいるから、その人達と街の現状について話し合いの場を設《もう》けたのだ。

流石は王族、思っていたよりも話し合いは順調に進んだみたいで、孤児院の設立が決定した。

僕はピースピアに戻って、冒険者ギルドと商人ギルドそれぞれに素材や物品を提供した。

ジャーブルの街全体はそれほどダメージはないんだけど、スラム界隈《かいわい》の環境《かんきょう》改善、そしてゆくゆくはスラムのない街にしていくには、人やお金が必要だからね。

あとは新しい領主が決まるまでは、イザベラちゃん達に任せることになる。

本当に有能で、改めて、彼女達にお願いして良かったと思った。

「あれが獣人の街か……。ここにアザベルがいるのかな？」

「そのはずだ。確かにこの辺りから、あの巨人を操っていたマナを感じる」

さて、ジャーブルの街はみんなに任せて、僕とリッチはアザベルの痕跡を追い、北東の街にやってきた。城壁で囲まれた、南北に細長い街だ。

ジャーブルの市場で聞いた話によると、アザベルとブザクは北に獣人が集まっているという話をしていたらしい。それはきっと、この街のことじゃないかな。

中に入って調べたいけど、ここは獣人の街みたい。獣人は昔、人族に迫害されてたって話もあるし、人族（厳密《げんみつ》にはもう違うけど）の僕がそのまま入るのは憚《はばか》られる。どうしましょう。

「ん？」

「馬車か？」

手前の街道から獣人の街を見ていると、後ろから馬車がやってきた。聞き覚えのある声もする。

「レンさ〜ん！」

「ルーシーさん？」

「覚えていてくれたんですね」

アザベルを追っていた時、ゾンビ兵に襲われていたところを助けた行商人のルーシーさんだ。

「レンさんと……あなたは、骨さん？」

ルーシーさんは目をまん丸にして、リッチを見ながら呆《ほう》けている。そりゃ普通の人がリッチを見たら、驚いて言葉をなくすよな。

僕はリッチを紹介すると、ルーシーさんはリッチに深くお辞儀をして挨拶《あいさつ》を交わした。すぐにリッチに普通に接することができるルーシーさんは、とてもいい人かもしれない。

そして意外と肝《きも》が据《す》わっている。

「レンさん達は、ララの街に用ですか？」

「あ～、この街はララっていうの？」

「そうですよ。知らないで来たんですか？　……レンさん達の用ってもしかして、私を襲った仮面の人達の件ですか？」

ルーシーさんは何かを察したようで、怯え出した。すると護衛につけていたリビングウェポンがルーシーさんのそばに寄ってきて、元気づけるようにフラフラ揺れ始める。ちゃんと彼女を守っているようだ。

「この子、本当に良い子で。ここまでの道中、自《みずか》ら魔物を狩《か》ってくれたんですよ。解体までしてくれて大助かりでした」

ルーシーさんがリビングウェポンを撫でながら褒めてくれた。リビングウェポンは、心なしか少し赤くなっているように見える。

可愛らしいルーシーさんに褒められて、喜んでいるんだろう。僕まで嬉しくてご機嫌《きげん》になっていると、彼女はハッとして鞄《かばん》を漁《あさ》り出した。

「そうだ、お礼と言ってはなんですが、狩った魔物を売ったのでその代金を」

「あ～、いいですよ。そのままもらっちゃってください」

僕が言うと、ルーシーさんは困ったような顔になってしまった。

「凄い金額ですよ……流石にもらえません」

「いくらですか？」

「ダイヤウルフの毛皮が三十枚と、ワイルドシープの毛皮が五十枚ですよ。金貨五十枚で売ったんですけど、それは早くお金にしたかったからで、本当は白金貨一枚ほどになるものです」

ワイルドシープは知ってるけど、ダイヤウルフは初めて聞いたな。そういえば、ジャーブルの街の騒動《そうどう》からアイテムボックスを見ていなかったけど、まさか。

【ダイヤウルフのジェム】

【ダイヤウルフの毛皮】

【ダイヤウルフの牙】


案の定《じょう》、リビングウェポンが倒したものらしきドロップ品がアイテムボックスに入っていました。アナウンスとかしてくれれば、気付けるんだけどな。

「だから、全てもらうなんてとてもできません」

ルーシーさんは大変真面目《まじめ》な人みたいだ。腕を顔の前でブンブン振ってお金を返そうとしてくる。

「ルーシーさんは、ララの街に行商に来たんですよね？」

突然話を変えた僕をきょとんとした顔で見ながら、彼女はそれでも真面目に答えてくれる。

「それもありますが、この街には私の家があるんです。ここに住んでるんですよ」

「そうなんですね。じゃあ、毛皮の代金の代わりに一つお願いがあるんですけど……僕も同行させてもらっていいですか？」

「え？」

ルーシーさんは僕の言葉に驚いている。

人族が足を踏み入れにくいこの獣人の街に、ルーシーさんの家があるということは。

「ルーシーさんは獣人族のハーフ、なんですよね？」

「……レンさんは凄いですね」

ルーシーさんはそう言って、腰に巻いていた布を取ってお尻を突き出した。そこには、狼のようなフサフサの尻尾がついている。見えている部分は人間と同じだったから気付かなかったんだけど、やっぱりそうだったか。

「確かにララの街には、なかなか人が入れません。でも、私がいれば、レンさんは入れると思います」

「さすがに私は入れないか？」

「リッチさんは無理ですね。ララの街は、他種族に厳《きび》しいんです」

ルーシーさんは申し訳なさそうに俯いて答えた。

あれ？　他種族に厳しいってことは、ブザクは人族だろうから簡単には入れないし、アザベルも無理なはずだ。

でもジャーブルから北東方面にはこの街しかないし、あの二人がこの街の話をしていた可能性は高い。リッチ曰《いわ》く、巨人ゾンビを操っていたマナもこの辺りから感じられたそうだし。

どうなっているのかわからないけど、とにかく、街の中に入って情報を探るしかない。

「コヒナタ、これを持っていってくれ」

「骨？」

「ああ、デッドジャイアントのマナを付着させた骨だ。あの巨人を操っていた者の近くに行くと、震えるようになっている。本当なら光るほうがわかりやすいが、それでは目立つと思ってな」

リッチは流石だな。確かに、光ったりしたら相手にバレそうだ。

「これなら、相手が変装《へんそう》とかしててもすぐにわかるね」

リッチから、小指ほどの大きさの骨を受け取る。この大きさなら、持っていても邪魔《じゃま》にならない。

「じゃあ、行きましょう」

僕は世界樹の枝を近くに刺してから、ルーシーさんの馬車に乗り込む。

リッチには念のため、アザベルが逃げないように外で待機してもらうことにした。彼の戦力ならば、ララの街全体を見張ることが可能だからね、安心です。

第六話　獣人達の街

僕とルーシーさん、それにリビングウェポンを乗せた馬車がララの街に入っていく。入る時、衛兵はルーシーさんを顔パスで通してくれた。

「ルーシー、今回の行商はどうだった？」

「最高だったよ。いい人に出会ってね」

街に入ると、猫の獣人がルーシーさんに話しかけてきた。親しい間柄《あいだがら》みたいで、ルーシーさんに今回の旅について聞いている。

この世界の獣人は、獣がそのまま二足歩行になったといった感じ。ルーシーさんみたいにハーフだと、尻尾や獣耳以外は人族と変わらない見た目になるようだ。

「いい人？」

「そうそう、移動の途中で……」

「ルーシーさん……！」

僕は馬車の中からルーシーさんの背中をトントンして声をかける。これからこの街で動かなきゃいけないし、僕の情報はあんまり流してほしくないんだよね。

「僕のことはあんまり知られたくないので、なるべく話は出さないでください」

「あっ、ごめんなさい」

「ん？　どうしたんだ、ルーシー？」

猫の獣人さんが首を傾げた。僕は馬車の幌から手だけを出している状態で、向こうからは見えていない。誰に話しかけてるんだといった感じなのだろう。

「なんでもないよ。帰って今回の儲《もう》けを計算しないといけないから、もう行くね」

「あ、ああ」

ルーシーさんは僕のお願いを聞いて、話を切り上げてくれた。その様子が少し不自然で猫獣人さんはびっくりしてるけど、勘弁《かんべん》してね。

「ここが私の家です」

馬車が大きな家の敷地《しきち》へ入っていく。中央に噴水《ふんすい》がある、広くて綺麗な庭園が目に入る。

「お金持ちなんですね」

「そんなことないですよ。素材を売ったお金を返さなくていいなんて言うレンさんのほうがよっぽど」

庭を進み、屋敷の横にある馬車用の小屋に入っていく。馬車を止めると、ルーシーさんはすぐに小屋の扉を閉めに向かった。隠密《おんみつ》行動だってことをわかってくれたみたいです。

「レンさん、もう出てきて大丈夫ですよ」

「めんどくさいですよね、ごめんなさい」

「全然。レンさんのおかげで、私は今生きてられるんです。力にならせてください」

ルーシーさんは、頬を赤くしてそう言ってくれた。確かに命は助けたけど、そんなに重く考えないでほしいな。

「レンさん、今日はあの時の女性は一緒じゃないんですね」

「……はは、彼女も他の仲間も忙しくて、今回はリッチと僕の二人行動なんです」

みんなはジャーブルの街の件で忙しくしている……というのは嘘《うそ》。

わざとみんなが忙しいタイミングでこっそり出てきて、僕と一緒に来る余裕がないようにしました。ワルキューレにも、みんなには内緒にしてもらってる。

やっぱり、あんまりみんなを危険に晒《さら》したくないと思ったから。装備もかなりパワーアップしているから大丈夫だとは思うんだけど、アザベルは顔を変えてるかもしれないし、巨人ゾンビ戦みたいな激《はげ》しい戦いになる可能性もある。

で、アザベルを追うなんて言ったら絶対についてくるだろうから黙って来ました。

まあ色々と理由をつけているけど、アザベルの過去の映像を見て、誰かが……特に自分の大切な人達が傷つくのは我慢ならないって、強く思っちゃったんだよね。

巨人との戦いも、みんなにしっかり新装備を身につけてもらっていたとはいえ、内心ハラハラしていたし。

ただただ、みんなが傷つくのが怖いだけです。

唯一連れてきているリッチは、普通の生き物じゃない。そういう心配がないから、同行してもらったというわけだ。

「何か私にできることがあったら言ってください。この子にも道中助けてもらいましたし」

そう言って彼女は、リビングウェポンを撫でる。ギャリンギャリンと音を立てて喜んでいるリビングウェポン。まったく誰に似たんでしょうね。

「ありがとう。じゃあとりあえず、少しの間この小屋を使わせてもらえると嬉しいです」

「はい！　じゃあお布団とか持ってきますね」

「あ、そういうのは全部持ってきてるんで大丈夫ですよ」

ルーシーさんが急いで小屋を出ていこうとするのを、慌てて止めた。

そしてアイテムボックスから、マイルドシープの毛皮で作った毛布と、いつも抱き枕にしている従魔のマクラを取り出して見せる。

「レンさん、アイテムバッグも持っているんですね。本当に凄い人なんですね」

本当はアイテムボックスなんだけど、わざわざ訂正《ていせい》する必要もないので話を合わせておこう。

ルーシーさんは驚きつつ、納得もしている感じです。やっぱり、僕は規格外《きかくがい》として見られちゃうみたい。

「そういえば初めて会った時、ジャルベイルの街に行く途中だって言ってましたね。無事に行けました？」

「はい、さっきはそこを経由して、ララの街に帰ってきたところだったんです。ジャルべイルでウェポンちゃんが狩ってくれた魔物の素材を売ったんですよ。解体もうまくて、ギルドの人に褒められちゃいました」

なるほどね。素材を売ったのはその街だったのか。それにしても、リビングウェポンはかなり優秀だな。他の子達はどうだろう。ちゃんと見てあげないと、もったいないかもしれない。

武器系の従魔はピースピアの防衛に回しているけど、もっと出番をあげようかな。今度話し合ってみよう。

「ルーシーさんのご両親は、今いるんですか？　小屋を使わせてもらうし、挨拶しておきたいなって」

「いません。私、一人なんです」

「あっ、ごめんなさい」

ルーシーさんは俯いて答えた。その様子からご両親に不幸があったと察した僕は、言葉に詰まる。

「獣人の中には、人族を憎《にく》んでいる人も多いです。うちは人族と獣人の両親ですから色々と……」

「そう……」

やっぱり迫害みたいな目に遭《あ》ったのかな？　この街の人達のことはまだ少ししか見てな

いけど、むやみに迫害するような雰囲気は感じられなかった。でも、他の街でもそうとは限らないだろうからな～。

「人族のお母さんの街で、色々とあって。結果、私を残して両親は亡くなってしまいました」

は～……なんだか人間やめたくなってきた、ってやめてるけど。

ルーシーさんの話を聞いて、僕は憤《いきどお》ってしまう。まったく、なんでこういう悲劇《ひげき》が絶《た》えないかな。この世界に来てもしファラさんや他のいい人達に会っていなかったら、どうなっちゃってたんだろう。

「無理して話さなくて大丈夫ですよ」

「はい、ごめんなさい」

少し話しただけで、彼女は泣き出してしまった。両親が亡くなった時のことを思い出したのだろう。

「そうだ、この水をあげます。これを飲むとスッキリしますよ」

「ありがとうございます……美味《おい》しい」

僕は雫を彼女に差し出した。一口飲んだルーシーさんは、驚きで口を押さえた。流石は世界樹の雫、悲しみも吹き飛ぶ美味しさです。

それから色々と雑談をして、ルーシーさんも落ち着いたので、僕は街の中を歩いてみることにした。

獣人の街ララ。スラムなどはなく、住民のみんなが笑顔なのが印象的だ。

ギルドはないんだけど、行商に来る人達が多い。街の中央には馬車が集まり市場みたいになっていて、みんなそこで食材や日用品を買っているようだ。活気のある声があちこちから聞こえてくる。

「いらっしゃ～い。今日はいいお肉が入ってるよ」

「ピースピアで手に入った、清らかな水はいかが～?」

僕は全身を隠すような外套《がいとう》を被っているんだけど、寒いからか似たような格好の人がたくさんいて、誰にも怪《あや》しまれずに済んでいる。

ルーシーさんと一緒に歩くのもいいんだけど、彼女は売り上げの計算もしなきゃいけないから、邪魔になると悪い。それに、知り合いも多いみたいだからちょっと目立つんだよね。

小屋で雑談をしている時にも、来客があった。

「ルーシー、帰ってたのか?」

小屋の外から聞こえてきた声にこっそり様子を窺うと、犬の獣人さんが頬を赤くしてルーシーさんに挨拶に来ていました。

それからまた別の獣人さんも屋敷の前までやってきて、なんとその人は彼女に花束《はなたば》を渡そうとしていた。

みんなイケてる獣人さん達で、ルーシーさんに好意がある様子だったんだけど、ルーシーさんは素っ気《そけ》なく接していた。何がダメなのかな？

まあそんな回想はさておき、僕は一人で街を見て回る。まずは街の南側を探索《たんさく》し、一軒の酒場に入ってみることにした。

女将《おかみ》さんは、犬の獣人のおばちゃんだ。端《はし》っこの席に座ってミルクを一杯注文する。

店内で人々の話を聞いていると、たびたびルーシーさんの名前が出てきた。

「ルーシーちゃんが帰ってきたんだってね」

「ああ、早速、若い者達が告白しに行ったよ。タイミングを逃すとまた行商に出て、しばらく会えないからってな」

「ははは、若いっていうのはいいね～」

女将さんと、お客の虎《とら》の獣人さんが話してる。ルーシーさんと親しい仲なのかな？

「何にしても無事に帰ってきてくれて嬉しいよ、私は」

「ああ、そうだな。彼女の両親を守れなかった俺達だ。せめて彼女だけは守ってやりたい」

二人は話しているうちに俯き加減になる。どうやら泣いているみたいだ。

ルーシーさんのために泣いてくれる人がいる。彼女がいかに愛されてるか、よくわかるね。

「さて、ルーシーちゃんのためにセーターでも編もうかね」

「そうだな。ハーフの彼女は俺達よりも寒がりだからな」

ルーシーさんの見た目は、尻尾以外は人族とほぼ変わらない。最初は僕も気付かなかったもんな。獣人みたいに毛皮に覆《おお》われた体じゃないから、確かに寒くなると厳しそうだよな。僕の場合は装備のおかげで大丈夫だけどね。

優しい女将さんと虎のおじさん。何か助けになることがしたいと思った。そうだ、少しお代を多く置いていこうかな。

「女将さん。お代を置いていくね」

「あいよ」

金貨一枚をテーブルに置いて、店を出た。ミルクを一杯頼んだだけなので、本当の代金は銅貨一枚だけど、惜しくはない。女将さんに気付かれる前に店を離れよう。

そう思っていたら、女将さんが追いかけてきてしまった。

「ちょ、ちょっとお客さん。金額が多かったよ。こんな大金もらえないよ」

「ははは、すみません。心温まる会話が聞こえてきたのでつい。受け取ってくれると嬉しいんですけど」

僕がそう言うと、女将さんは「あんたいい人だね」と言って笑いながら、豪快に僕をばんばん叩いてきた。その勢いに外套がめくれそうになって、焦って押さえる。危ない危ない。

「ん。ルーシーちゃんの話をしててあんたが反応したってことは、ルーシーちゃんの知り合いかい？」

「あ、はい。この街まで案内してもらいました」

この状況で否定すると、後でつじつまの合わないことになるかもしれない。素直に頷いて、そう答えた。すると女将さんがにっこり笑う。

「じゃあ、私らにとっても他人じゃないよ。金貨分とまではいかないけど、うちで美味しいものを食べていっておくれ」

僕の肩に手を置いて、優しい表情でそう言う女将さん。断るのも悪いので、お言葉に甘えることにした。

もう一度お店に入って、女将さんと虎の獣人さんに自己紹介をする。

女将さんはフロンさん、虎の獣人さんはトオエンさんというそうだ。見慣れない相手の僕にも優しい二人、なんだかほっこりするな。

フロンさんが何品か料理を出してくれたので、ありがたくいただくことにする。しばらく話していると、フロンさん達はにやにやしながらおかしなことを言い出した。

「しかし、ルーシーちゃんも隅《すみ》に置けないね。こんないい人がいるなんてさ～」

「ほんとだな。お金持ちだけど嫌味がない、気持ちのいい人だ」

なぜか二人は、思いっきり僕を褒めてくる。確かに多めに代金は払ったけど、それ以外こんなに褒められるようなことはしていない。それに、隅に置けないとは……。

「人族にもいい人はいるって聞いてたけど、本当なんだね」

「え⁉　人族なの、気付いてたんですか？」

「ははは、やっぱりね。確信は持てなかったけど、店の中にいるっていうのに外套を被ったままなんておかしいでしょ。雪が降ってる外でなら、おかしくないけどね」

フロンさんがそう言い、二人はニカッと笑う。眩《まぶ》しいくらいの白い歯で笑うその顔からは、何だかいたずらっ子みたいな印象を受けるな。

僕は諦めて外套を脱《ぬ》ぐ。二人は少しも変わらない笑顔のまま受け入れてくれた。

「俺達の前では気にするなよ、コヒナタ。別に取って食いやしないから。な！」

トオエンさんが思いっきり叩いてくる。装備のおかげでそんなに痛くないけど、普通の人だったらぶっ飛んでそうだな。

「ん、コヒナタ？　あんた、かなり強いな。うちの若い奴らでも痛がるっていうのに」

僕が叩かれてもびくともしないことに驚く、トオエンさん。フロンさんもそこに乗っかる。

「華奢《きゃしゃ》な体してるのにね〜。私もさっき叩いた時に驚いたよ」

「ははは、まあ、多少は鍛《きた》えてまして」

誤魔化《ごまか》すように笑うと、二人は顔を見合わせて微笑んだ。

「自慢もしないとは本当に珍《めずら》しいね」

「ルーシーが仲良くするのもわかるな」

この街は、ピースピアのみんなのように優しい人が多い。スラムみたいな地区もないみたいだし、いい人が統治してるんだろう。

こんなところに、アザベルがいるかもしれないなんて。怖いったらありゃしないな。

「フロンさん、頼まれてた食材買ってきたよ。……ってレンさん⁉」

二人と話をしていると、ルーシーさんが入ってきて驚きの声を上げた。

僕が外套を脱いでいたから、余計びっくりしたんだろう。

それから、慌てて口を押さえるルーシーさん。それをフロンさんが笑って宥《なだ》める。

「大丈夫だよ、ルーシーちゃん」

「俺達はこの人を別にどうこうしないさ」

ルーシーさんの様子にニコニコしながら、トオエンさんが彼女を引っ張ってきて僕の隣の席に座らせる。そしてフロンさんとトオエンさんは、揃って僕達にずいっと顔を寄せた。

「それで？　式はいつ？」

「「はい!?」」

フロンさんの唐突《とうとつ》な質問に、僕らは二人で素《す》っ頓狂《とんきょう》な声を上げてしまう。

「だってコヒナタさんは、ルーシーちゃんのいい人なんだろ？」

「獣人の街に入れてしまうほどの存在だ。遅《おそ》かれ早かれ、そういう間柄になるんだろ？」

フロンさんとトオエンさんは眩しい歯をニッと見せ、チラチラと僕を見ている……凄い圧を感じるな。

「ち、違うよ二人とも！　レンさんはその、行商の途中で魔物に襲われた私を助けてくれた、命の恩人で。この街にも、レンさんは探し物があって来てるだけで……」

もじもじしながらも、ルーシーさんが説明してくれる。そうそう、ただそれだけです。

「私はいい人だなって思ってるけど、羨ましいほどお似合いの綺麗な人と付き合っているし、私なんか」

付け加えて、そう呟くルーシーさん。

それを聞いて目をぎらつかせ、さらに僕に顔を近づけてくる二人。

「うちのルーシーちゃんだって可愛いし、いい子でしょう」

「そうだ、何がダメだっていうんだ」

ルーシーさんには聞こえないくらいの声量で囁かれる。獣人さん二人に超至近距離で睨

みつけられて、僕はあぶら汗をかいてしまう。怖い。

「フロンさん！　トオエンさん！　あんまりいじめると、二人のこと嫌いになっちゃうんだから」

少し涙目になったルーシーさんが訴えると、やっと二人は僕から離れて元の位置に戻った。でも、まだ何か言いたげな目つきで見てくるよ。

「もう……。ごめんなさいレンさん」

「は、はは。大丈夫ですよ、ルーシーさん。フロンさんとトオエンさんが君をどれだけ大切に思ってるのかが伝わってきます」

「あ、ありがとうございます」

ルーシーさんが謝ってきたので答えると、顔を赤くしてお礼を言ってくる。獣人さんの見た目でプレッシャーをかけられるとかなり怖いけど、ルーシーさんを思ってのことだ。人族の僕を優しく受け入れてくれたし、いい人達だっていうのは充分わかっていた。

よし、やる気が出てきた。早くアザベルなりブザクなりを捜《さが》し出して、ララの街から危険を遠ざけないとな。

決意を新たにしていると、ようやく普通の表情に戻ってくれたトオエンさんが尋ねてくる。

「コヒナタは、一人でここに来たのか？」

「いえ、街の外に仲間を待たせてます。ただ、その人は見た目がちょっと怖いので、街には入らず待ってもらってるんです」

追いかけてる敵がいて、そいつに逃げられないように……なんて言ったら警戒されそうだから、誤魔化しつつ答える。

「へえ。じゃあ帰る前に、ルーシーちゃんとデートでもしたらどうだい？」

「フ、フロンさん！　だからそういうことじゃないんです」

慌ててルーシーさんが否定する。

「そ、そんなことよりも、買ってきた食材を使って料理を作るんでしょ？」

「ああ、そうだったね」

ルーシーさんが顔を赤くしながら、フロンさんを引っ張って厨房《ちゅうぼう》へと消えていく。僕もそろそろ街の探索に戻ろうか。

「それじゃあ、僕はそろそろ」

「おいおい、まだ食えるだろ。金貨をもらった分には、到底足りないんだ。フロンも申し訳なく思うぜ」

「そ、そうですけど……。じゃあ、もう少しだけ」

トオエンさんに止められて、僕は再び椅子《いす》に腰を下ろした。

無理に帰るのも失礼か。リッチからもらった骨も反応していないから、ひとまず近くに危険はなさそうだし、もう少しゆっくりしよう。

しばらくすると、ルーシーさんとフロンさんが料理を運《はこ》んできた。

「オーク肉のトマト煮だよ！」

「こっちは川魚のポトフです！」

キャベツでくるんだオーク肉の塊《かたまり》をトマトソースで煮《に》込《こ》んだものと、ヤマメっぽい魚とじゃがいも、ベーコンのポトフ。どれも体が温まりそうだ。寒い地方ならではの料理って感じだな。

「レンさん、どうぞ」

ルーシーさんも一緒に作ったのか、ちょっと緊張《きんちょう》している様子。

「お言葉に甘えて、いただきます」

スプーンを手に取り、まずはポトフを口に含むと、とても優しい味が口内に広がる。

これまでも色んな料理を食べてきたけど、この世界のお袋の味って感じだ。

「ど、どうですか？」

ルーシーさんが、少し不安そうに僕の顔を覗き込んでくる。僕は素直に感想を述べた。

「このポトフ、凄く美味しいよ。優しい味でとっても温まる」

するとパッと顔を輝かせたルーシーさんは、フロンさんを振り返った。

「フロンさん！」

「ふふ、やったねルーシーちゃん」

「うん！」

　嬉しそうに尻尾を揺らす二人。

「この子ったら、どうしてもコヒナタさんに美味しい料理を食べてもらいたいって言うんだよ。それで今、このポトフの作り方を教えてやったのさ」

「ええ⁉　今教わって初めて作ったってこと⁉　ルーシーさんは料理の才能があるんじゃないですか？」

　驚愕して思わず大声を上げた。僕の言葉を聞いて、ルーシーさんは顔を真っ赤にする。

「がはは、ルーシー。コヒナタの心を掴むには料理だな。応援するぜ」

「ちょ、ちょっとトオエンさん！」

　豪快に笑うトオエンさん。そんなトオエンさんの胸をポカポカ叩くルーシーさん。

　本当に仲がいいな。お父さんとお母さんにからかわれる子供みたいだ。


　この後、談笑《だんしょう》しながら料理を二品食べて店を後にした。ルーシーさんを一人で帰すなと言われたので、一緒に帰ることにする。

　外に出ると、僕は外套を被り直した。

「レンさんが人族だってこと、街のみんなにもちゃんと説明すれば、フロンさん達みたいに受け入れてもらえると思うんです」

「そうかもしれない。だけど、僕がこの街にいることが今捜している相手にバレる危険性があるんです。そうなると、奴はどういった手に出るかわからないから」

「危険な相手なんですね」

歩きながらルーシーさんと話す。彼女は悲しそうな顔で俯いた。

「とにかく、ララの街の人達に危険が及ばないように動きます」

「ありがとうございます……」

僕の言葉に、ホッと胸を撫で下ろすルーシーさん。街の中であんまり無茶はできないから、アザベルやブザクを見つけても慎重に行動しないとな。

第七話　見つけた敵は

翌日は、街の中央の広場とその近辺を歩くことにした。昨日は結局、南側しか回れなかったからね。

「いらっしゃい、いらっしゃい！」

「新鮮な肉はいかがかな～」

「ピースピアの清らかな水はいかが～」

とても元気な声が響いてる。どのお店からも声が上がっていて、お客さんもいっぱいいる。

ピースピアにもこんな市場が欲しいな。なんて考えていると、僕らの街じゃ考えられない素材が捨てられているのを目撃し、僕は目を見開いた。

「今日もこんなに抜けちまった。俺達獣人にはいらねえもんだよな」

「まったくだな。こんな抜け毛」

羊の獣人と虎の獣人がそう言って、市場の隅にある集積場《しゅうせきじょう》のようなところに、自分達の抜け毛の入った袋を捨てている。人が一人は入れそうなくらい大きい袋に、たんまりと入ってる。あれを枕とか布団にしたら、さぞかし気持ちいいだろうな。

ゴクリッ！　思わず唾《つば》を呑み込む。今現在、あれは捨てられた羊さんと虎さんのただの抜け毛。でも、僕が拾ったら自動的に、最高級のアイテムに変わるのだ。どんな触《さわ》り心地《ごこち》になるのか気になる。

これは拾う一択！

「はいはい。この毛は人族には高く売れるんだ。ルーシーに売ってきてもらうものなんだから、いくら自分の抜け毛でも乱暴に扱《あつか》うなよ～」

夢のふわふわ布団を想像して目を輝かせていると、そんな声とともに、猫の獣人のおばさんが袋を回収してしまった。どうやら捨てていたわけじゃないみたいだ。

しかも、ルーシーさんが行商で売る素材だったみたい。ここでも彼女の名を聞くとは。

抜け毛を持ってきた羊さんと虎さんは、会話を続けている。

「しかし、人間達にも困ったもんだな」

「ああ、俺達の毛や毛皮欲しさに、獣人を奴隷にしたり殺したりしやがってな。欲しけりゃ金を出せばいいのに」

ごもっともすぎて何も言えなくなるな……。

姿かたちが違うだけで、こんなにも違いが生まれてしまう。この世界の差別はどうしようもないな。まあ、僕のいた世界にも差別はあったけどね。

「ルラフおばさん、いつもありがとうね」

「おっと、噂をすればルーシー」

ルーシーさんが現れて、猫の獣人のおばさんに話しかける。羊さんと虎さんも、手を挙げてルーシーさんに挨拶してる。虎さんの肉球触ってみたいな、ってそうじゃない。

ルラフと呼ばれた猫の獣人さんから、毛の入った袋を手渡されたルーシーさん。

「ほい、これが今日の毛玉ね」

「はい。ありがとうございます」

「洗いに行くんだろ？　手伝おうか？」

「大丈夫！　こう見えて力持ちなんだから。それに、頼もしい護衛もいるしね」

ルラフさんに尋ねられたルーシーさんは首を横に振り、僕の従魔を紹介した。

みんなリビングウェポンを見て驚いていたけど、ルーシーさんが護衛として紹介したから警戒はしていないようだ。

「ルーシーの護衛が強いのは喜ばしいことだね」

「でも、貸してもらっているだけなので、いつかはお別れしないといけないの。それが寂しくて」

そう言って、リビングウェポンを撫でるルーシーさん。彼も彼女に懐いてるからか、心なしか寂しそうだ。

「従魔を貸してくれるなんて、その方はとてもお優しい方なんだろ？　譲《ゆず》ってもらえるようにお願いしてみたらどうだい」

「とても優しい人だよ。でも、他にも助けてもらってるから……私には返せるものがないし」

「何言ってんだい！　女には最高のものがあるじゃないか！」

「え？」

ルラフさんの言葉に、ルーシーさんは目をパチクリさせた。ルラフさんはそんな彼女に、こう言い切る。

「体だよ」

「え？　ええ〜〜⁉」

「女の至高《しこう》の武器さ。私も若い頃に使ったもんだよ」

ルラフさん、とんでもないことを言い始めたぞ。ルーシーさんはどんどん顔を赤くして、ついには両手で顔を覆ってしまった。

「『私には返せるものがありません。だから、私の体をもらってください』なんてね！　どうだいルーシー」

そうセリフをつけて、小芝居《こしばい》までするルラフさん。面白がってるな、これは。

「そそそ、そんなこと。レ、レレレンさんに言えません」

「ほ〜。レンっていうのかい、その人。どんな人なんだい？」

まともに話せない様子のルーシーさんに、お構いなしに質問をするルラフさん。するとルーシーさんは真面目な顔になった。僕、ここで聞いてていいんだろうか……。

「優しくて、強くて……とてもカッコいい人です」

「ほ〜」

さっきまでとは違い、落ち着いた様子でゆっくり答えるルーシーさん。もの凄く恥ずかしい。顔が熱くなってくる。

「そこまで言わせる子か。会ってみたいね〜」

「でも、ダメなんです。彼にはとっても素敵なお相手がいますから」

「……そうかい。そんなにいい子じゃ、相手がいてもおかしくはないね。しょうがない」

寂しそうに俯くルーシーさんの呟きを聞き、ルラフさんは彼女を抱きしめる。なんだか申し訳ない。

「ありがとう。じゃあこれ、もらっていくね」

「ああ、頑張りな」

ルーシーさんはやがて顔を上げると、毛玉の入った袋をリビングウェポンに持たせ、ルラフさんに手を振って家へと走っていった。

彼女もまた、僕に好意を持ってくれてる。無下《むげ》にはできないけど、僕にはファラさんがいるし、一途《いちず》を通したい。ルーシーさんには悪いけど、気付かないふりをしておこう。

それから街の中心部を色々と探索したけれど、リッチにもらった骨はなんの反応も示さなかった。次は北側へ行ってみることにする。

「来た来た」

中央の広場から北上してすぐに、持っていた骨が震え出した。南北に細長い街だから、探しやすくて助かった。

「この辺りかな？」

対象物に近づくにつれて震えが強くなるようだ。それを頼りに歩いていると、大きな建物をぐるりと囲む背の高い壁にぶつかる。壁に沿《そ》って進むと、大きな門に辿《たど》り着いた。門の横には学院と書かれている。

「学院？」

とりあえず、骨が指し示す場所がこの中だということはわかった。

一度リッチに知らせてこようかな。

「……と思ったけど、明日もここにいるとは限らないしな。潜入《せんにゅう》して、もっと確認」

僕は手に持っていた骨をアイテムボックスにしまい、学院に忍《しの》び込んだ。

門には警備《けいび》の人がいたけど、裏手に回り、防具の強化に頼ってジャンプしたら楽に飛び越えられた。人通りがなくて良かったよ。

「立派な建物だな～」

学院は、中央の塔《とう》をぐるりと囲むようにして建《た》っている。塔は七階ほどの高さがあるけど、周囲の建物は三階建てだ。全体的に、左右対称を意識しているような造《つく》りだな。

幸い学院は授業中のようで、辺りに人影はなかった。早速、入ってみることにします。

「室内も凝った造りだな」

まずは中央の塔に入り、中の螺旋《らせん》階段を上る。外からも見えたけど、塔の窓にはステンドグラスがはめ込まれていて、とても綺麗。僕もこういった建築をしたいもんです。

そういえばコネコネがパワーアップしているので、ガラスも作れるかもしれないな。

そんなことを考えながら静かに階段を上っていくと、塔と外周の建物を繋ぐ、渡り廊下のあるフロアに着いた。渡り廊下は、床以外ガラス張りで見晴らしが良い。

「骨を取り出してみるか」

僕は念のため物陰《ものかげ》に隠れて、リッチの骨を取り出す。ここは敷地の中央の位置にあたるから、どのくらい震えるか見ておきたい。

「この役立たずが‼」

その時、大きな声が聞こえてきた。僕は思わず身を乗り出して、声のしたほうをガラス越しに見下ろした。そこは中庭のようだ。

「このっ！　このっ！」

三メートルを超えるほどの大男がうずくまっていて、別の男が彼を鞭打《むちう》っている。

鞭を振るう男は、身なりはいいが振る舞いが荒々しく、ブクブクと太っている。ついでに鼻息も荒い。ルーラちゃんの言っていたブザクと特徴《とくちょう》が一致するから、間違いないだろう。

そういえばジャーブルの市場のおじさんが、アザベルと一緒にいた男が仮面をつけた大男を連れてたと言ってたな。やっぱり、そいつはブザクだったんだな。

「くそ、獣人の街だと聞いてやってきたというのに、スラムすらないとは！　ここでも収《しゅう》穫《かく》はないし、まったく、街に入るためにあれほど苦労したのに、大損《おおぞん》だ！」

ブザクは大男に鞭を振るいながら、わめき立てている。

「ちぃ！」

「ブザクさん！　学院内でそのようなことはおやめください。生徒達に悪い影響を与えます」

「フンッ！　エリック起きろ。新しい奴隷が得られないのであれば、こんな街に用はない！」

「……」

職員らしき人に怒られたブザクは、憤りも露《あら》わに外へ出ていった。

「これだから人間は……」

騒ぎを聞きつけて集まってきた教員達は、立ち去るブザクを見てそう呟いた。あの人を人族代表として見ないでほしいな。

「骨はどうかな」

僕は手の中の骨を見てみた。骨はブルブル震えているが、振動はそこまで強くない。

「あれ、なんだか少しずつ弱くなっているような気がするな～」

僕は移動していないのに、骨の反応が鈍くなっている。

「明らかに弱くなってるな～……ん？　ちょっと待てよ」

僕は塔に戻って、さっきと反対方向の渡り廊下へ向かってみる。僕の考えが正しかったら、振動はさらに弱くなるはず。

「やっぱりそうか」

今度は塔の最上階に上ってみる。案の定、振動はほぼなくなった。

「あいつがアザベル、ってことなのかな」

僕らが追っていた、ブザクという奴隷商。明らかに骨はそいつに反応している。

リッチの話によると、この骨は巨人を操っていた者に近付くと反応するということだった。それはつまり、アザベルを指している。

今、アザベルはブザクに成り代わっているのだろうか。ジャーブルの街では一緒に歩いていたというから元は別人だろうけど。

違和感《いわかん》を覚えつつ、僕はそう推測する。

ブザクはこの街に用はないとか言っていたから、すぐに他の街に向かうのかもしれない。

街に被害が出ないように見張りながら、あいつが街を出るのを待つかな。

その後、何度かブザクに近づいたり離れたりして、骨がブザクに反応しているという確信を得た。

僕はルーシーさんの小屋に世界樹の枝を刺し、ワルキューレに頼んで街の外に一旦転移した。

ブザクが街を出るまでにまだ少し時間がありそうなので、最強の武器と防具を作って万全を期す。

コネコネしながら、今はリッチと作戦会議をしています。

「あのデブが本当に、あのアザベルなのか？」

「わからないけど、骨の振動は何度も確認できたよ」

「ふむ。確かにあの街からの反応は、私も確認している。しかし、アザベルとは見た目も雰囲気も違うのだろう？」

よくわからないけど、確かにそうなんだよね。

ブザクは、悪行ばかりを企《たくら》んでるただの汚《きたな》い奴隷商って感じ。ララの街にスラムが存在していたら、事件を起こしていただろうな。

そんな人間がどうしてララの街に入れたんだろう。

骨の反応を見つつブザクを観察していたんだけど、僕はあることに気付いた。それは、ブザクにはちゃんと監視《かんし》がついていたってこと。

ライオンの獣人さんが数人、ブザクの後をつけていて殺気を放っていたんだよね。

この街の人達も、ブザクを危険人物と見ているならそうそう油断はしないだろう。街に入れたのは、断れない事情があったのだろう。

ひとまず安心して、僕はここに転移したってわけ。

とはいえ相手が穢れなら何が起きるかわからないので、僕の従魔の中でも目立たない子達を何体か潜入させておいた。

剣の姿のリビングウェポンはルーシーさんの護衛につけているので、今回使ったのはランスやアックスの魔物達だ。何かあれば、すぐに飛んでくるようにしている。潜入にも使えるなんて最高の従魔達だな。

「ブザクのこと、ファラ達に伝えなくていいのか？」

「ん？　ん～。あんまりね～」

リッチの問いかけに、僕はつい言葉を濁《にご》してしまう。

「皆を巻き込みたくないというコヒナタの優しさはわかる。だが彼らにお前が作ってやった装備を考えると、杞憂《きゆう》に終わると思うがな」

「それでも、危険がないとは言えないからね。僕だけで解決できるんだったら、それが一番いいんだよ」

今回の戦いは、本当に危ないと思うんだ。

「……コヒナタがそこまで危険に思う敵か。私はその戦いに呼ばれて嬉しいぞ」

リッチはそう言って、鼻を擦《こす》る仕草をする。照《て》れているのだろうが、ガイコツには鼻がないので、指は空《くう》を切っていた。

「リッチの能力なら臨機応変《りんきおうへん》に対処できるし、人族より打たれ強いだろうし、みんなより戦闘経験も豊富そうだしね」

長生きしていて、知識も実戦経験も人一倍あるだろうから大丈夫だと思うんだ。現に油断なく、自分のスケルトン達を街の周囲に配置しているしね。

サイクロプス百体以上、デーモンスケルトンにガシャドクロと、戦力は豊富だ。彼に勝てるのは、僕らくらいしかいないだろうな。まあ、今の彼と戦ったことがないからわからないけどね。

「さあ、さっさと準備をしていくぞ」

「僕は当分コネコネかな～」

「はは、コヒナタのコネコネは恐ろしいからな。楽しみだ」

リッチは僕の言葉にカラカラと笑った。

僕のコネコネは恐ろしいか～。じゃあ、ブザクには恐怖を味わってもらおうかな。

アースドラゴンとレッドドラゴンの鱗、それにハイミスリルと魔鉱石、それらをすべてコネコネコネコネ。アースドラゴンの黄色、レッドドラゴンの赤、ハイミスリルの青、魔鉱石の紫が混ざり合う。

この輝き、クリアクリスのアダマンタイトの黒い鎧に近いところがあるな。まるで宝石のような輝きを持つ鎧が完成した。

【コヒナタレンの鎧】ＳＴＲ＋３００００　ＶＩＴ＋２４０００　ＤＥＸ＋２２０００
ＡＧＩ＋２１０００　ＩＮＴ＋２３０００　ＭＮＤ＋２２０００

ドラゴンの鱗は同じ鱗同士で組み合わせると相性《あいしょう》がいいみたいで、コネていると一層キラキラ輝くんだよね。それにしても、みんなに作ったものよりもかなり強くなってる。色んなドラゴンの鱗を手に入れて、もっともっとコネコネしたいな～。

できた鎧は、顔まで覆うフルフェイスタイプ。悪役のような尖《とが》ったフォルムで、〝最上の空気〟も合成した兜《かぶと》だ。

外から中は見えないけど、中からの視界は遮られないという、ミラーガラスのような不思議な構造になっている。

この全身武装で穢れを粉砕だ。早く着てみたいな。

「こちらの準備は終わったぞ……なんだその鎧は。生きているのか？」

「鎧が生きてる？　そんなわけないじゃん」

リッチが僕の装備を見て、おかしなことを言ってきた。そんなわけない、と答えたところで……。

「クルル？」

「え？」

なんと全身鎧が首を傾げて、鳴き声のような音を出した。いや、聞き間違い？

僕もまた首を傾げながら全身鎧を見つめると、鎧は僕の真似をして同じ方向に首を傾げた。

……どうやら、ついに装備品にも命を吹き込んでしまったようです。

「クルル～」

「ちょ、痛い！」

僕の鎧が可愛らしい声を出して頬をすり寄せてきた。すっごい硬《かた》いから、当然痛いんだけど。

「ははは、コヒナタは凄いな。こんなことまでできるなんて」

僕らの姿を見て、リッチが大きく笑いながら褒めてくれます。

そんなつもりはなかったんだけどな～。

「しかしこれで、より安心になったな」

「そうだね。あ～、ブザク早く出てこないかな～」

僕らは余《よ》裕綽々《ゆうしゃくしゃく》といった様子で、街のほうを眺めた。

まだブザクは動き出しそうになかったため、一旦ルーシーさんの家の小屋に戻って夜を過ごし、それから製作の続きをしたりして一日ほどが経った。

『コヒナタ、来たようだぞ』

「ん？」

街の外にいるはずのリッチの声がして、僕は小屋の中を見回す。

すると、小屋の窓に鳥の形をしたスケルトンが留《と》まっていた。コンドルほどの大きさで、この子がリッチの伝言を届けてくれたみたい。声真似も上手だ……肉がないのにどうやって声を出してるんだろうと素朴《そぼく》な疑問も湧《わ》いたけど、今はブザクの対処が先だ。

「わかった。すぐに向かうよ。……ワルキューレ、転移を頼める？」

「はい、コヒナタさん」

地面に刺していた世界樹の枝に声をかけると、ワルキューレが転移してきた。

「すぐに街の外へ――」

「その前にコヒナタさん……一つお伝えすることがあります」

ワルキューレの肩に手を置いて転移しようとしたら、ゴゴゴとワルキューレから圧がかかった。

「えっ？　何この空気？」

「コヒナタさんが優しいのは重々わかっています。その優しさゆえに、この街に仲間の皆さんを連れてこなかったことも。ですが皆さんは、もっと頼ってほしいはずです」

ワルキューレは僕を睨みながら言う。

みんなをここに連れてこなかったことを非難《ひなん》してるのかな？　でも、なんでワルキューレがそれを言うんだろう。

「……怒ってるの？」

「ええ怒ってます、マスター」

……怒ると、僕のことをマスターって呼ぶんだな。初めて聞いた。なんだか他人行儀《ぎょうぎ》で恥ずかしい。

僕がジャーブルの街を出てからというもの、転移をお願いするたびにムスッとしているような気はしてたんだけど、怒ってたのか。

でも、なんでだ？　みんなに隠しごとをしているのが嫌だったか、もしくは転移のたびに呼ばれるのが嫌だったのかな？

でもそれなら「皆さん」は関係ないもんな。

「マスター！　なぜ皆さんじゃなくて私が怒っているのかわからない、といった顔ですね！」

「え？　あ〜、うん」

「……皆さんを頼ってあげてほしいというのも、もちろんあります。私だってそうです。私だって戦えますし、そうそうやられる存在じゃありません。皆さんを傷つけたくないのであっても、せめて私くらいは戦闘に加えてくれてもいいじゃないですか。なんでリッチだけ……」

ワルキューレは、もじもじしながら訴える。

ああ、なるほどね。

「リッチに嫉妬《しっと》したのか」

「嫉妬じゃありません！　ただ……羨ましかったんです……」

それを嫉妬っていうんだけどな。生まれてまだ間もないからなのか、変なところだけ子供っぽいな。もっと構ってほしかったのだろうか。思えばワルキューレと知り合ってから、あんまり突っ込んだ話をしたことはなかったかもしれない。今度からちゃんと仲間として同行してもらおうか。

「ワルキューレ、ごめんね。ちゃんと君を見ていなかったね」

「いえコヒナタさん。わかってくれればいいんです」

ワルキューレはニッコリと微笑む。

「じゃあ、リッチも待ってるから行こうか」

「はい！」

僕はワルキューレの肩に、再度手を置く。

「あ、そういえば言伝《ことづて》を頼まれていたんでした」

「えっ？　誰から？」

「お仲間の皆さんを代表してファラさんから。『帰ってきたらお仕置き』だそうです」

「えっ……」

お仕置き……明らかに、凄く怒っている気がする。

「あと『レンレンがみんなのことをどう思ってるか、全部聞いちゃうからね』とウィンディが」

「……」

なんてことだ、帰るのが怖い。

「あの、もしかしてワルキューレさん……」

「はい！　ぜ～んぶ言ってありますよ。マスターがこっそり敵を追跡していることも、皆さんのことを思ってここに呼んでいないことも。みんなマスターにカンカンです。それでも皆さんをここへ転移させない私って、マスターの役に立っていますよね」

僕の問いかけに、ワルキューレは被せ気味で言葉を続けた。

言っちゃってたのか、これは大変だ。

いや確かに、僕がいなくなった理由を嘘で隠し通すのは厳しいだろうし、カンカンなみんなを転移させていないのはありがたいけどさ～。

「マスターの指示に反したことは認めますし、謝ります。ですがこうでもしないと、もっと収拾のつかないことになっていましたよ？」

「そうだけど……いや、もういいよ。みんなが怒っているのもわかった。とりあえず、ウィンディの【心眼《しんがん》】からどうやって逃れるかが肝だな」

怒っているワルキューレには何を言っても無駄だと、僕は諦めた。

みんなを思ってのこととはいえ、僕にも悪い部分があるのは事実だからね。切り替えて、今は目の前のことに集中しよう。

あ〜、憂鬱《ゆううつ》です。

第八話　変貌《へんぼう》

街の外に転移すると、リッチが目の前に立っていた。辺りを見回すも、ブザクやスケルトン達の姿はない。

「コヒナタ、遅かったな。ブザクの包囲はもう完了している。あとはあちらの動き次第だ」

「ああ、うん。ありがとう」

ウィンディの心眼包囲網《ほういもう》に頭を悩《なや》ませていた僕に、リッチが状況を教えてくれる。包囲しているとか言われると、胃が痛くなってくるな。

そんな僕の気持ちを知らないリッチは説明を続ける。

「スケルトン達で遠巻きに囲み、街を出たブザクの様子を見ていたんだが、ブザクとともにいる仮面の大男がスケルトン達に掴みかかったようだ。とはいえ、逃げられないようにガシャドクロも出したから、今のところは問題ない」

「その大男は、主人を守ろうとしているってこと？　鞭で叩かれたり酷《ひど》い扱いをされてたのに、いい子なのかな」

僕だったら、あんな主人置いてすぐに逃げているよ。

「いや、その大男のことも虫で操っているのなら、その行動は当然だろう」

「う～ん。僕が見た時は、操られてる感じじゃなかったんだよね。なんていうか、感情があるっていうかね」

会話をしているところは見てないから、ゾンビじゃない確証《かくしょう》はないんだけど……鞭で打たれてた時も、痛そうにうずくまってたし、彼は生きてる感じがするんだよね。

「まあ、いいか。とりあえず、ブザクのところに行こう」

「ああ、ここから少し離れた場所に誘導した。流石に街に近いと目立つからな」

リッチはそう言って、北東を指差した。よく見ると、草原地帯の稜線《りょうせん》の向こうに、ガシャドクロとサイクロプスの頭が見える。

『ギャオ！』

『クウン』

僕は、アースドラゴンとレッドドラゴンを召喚する。ドラゴンに跨るって最高にテンション上がるよな〜。これで飛んでくれれば……。

『ギャオ〜〜！』

「えっ！　飛べたの？」

ワルキューレと僕が背中に乗ると、アースドラゴンが急に羽ばたき出した。

飛べないものだと思っていたから驚いたけど、立派な羽があるのだから、飛べないのもおかしな話だ。アザベルを追っていた時にも、飛んでくれたらよかったのに。

レッドドラゴンも同様、リッチを乗せると羽ばたいた。

あっという間に稜線の向こうまで飛んで、すぐに着地。本当に一瞬だったけど、なんだか夢が叶った気分だ。ピースピアに帰る時も、転移じゃなくて、ドラゴンに乗せてもらって帰ろうかな……。

『お仕置き』が怖いから、みんなの気を逸らそうってわけじゃないよ。ドラゴンに乗りたいだけです。

「くそっ、なんなのだ、この魔物達は！」

ブザクの声が聞こえてきた。僕らはガシャドクロ達から少し離れたところに降り立って、ブザクの前に現れるための準備をする。

僕は、作ったばかりの鎧を着込む。準備を終えてブザクのところへ近づいていくと、奴は相変《あいか》わらず騒いでいた。

「エリック！　お前ももっと抵抗しろ！」

「う……」

仮面の大男と一緒になって、ミスリルスケルトンの大群《たいぐん》を押しのけようとしているブザク。

おかしいな。穢れに関係しているなら、その力を使って逃げようとしそうなものだけど。

「ねえ、リッチ。奴をどう思う？　アザベルが成り代わっているのかと思ったけど、違う気がしてさ」

「ただの人族にしか思えんな。これだけ近づいても、あの男からはアザベルに感じたような気配を感じない」

やっぱり。リッチから預《あず》かった骨で振動を何度も確認したけど、まさか外《はず》れたのか？

「ぐう〜！　はあはあ、びくともせん……。む？　なんだ、お前達は、こいつらの飼《か》い主か！　早く退《ど》けないか！　次の街で、私の商品達が待ってるんだ！」

ブザクはスケルトン達をひたすら押したり叩いたりしていたけど、僕らに気付き、今度はこっちに向かって声を荒らげた。まったく、この男は。

「一つだけ聞くけど、『アザベル』と『穢れ』について、何か知っているなら教えて」

　僕は剣を抜き、ブザクに突きつける。

「意味のわからないことを言うな、いいから早く私を解放しろ！」

　ジャーブルで一緒にいたはずなのに、その二つのワードになんの反応も示さないなんて。もしかして、ただ奴隷を求めて領主のアザベルに接触《せっしょく》していただけなのかな？

「コヒナタ、こいつは必要か？」

「アザベルの関係者じゃないなら、いらないな……」

「では私が始末しよう。わざわざお前の手を汚す必要もあるまい」

　苛立《いらだ》った様子のリッチが目を光らせた。僕も賛成して頷く。

　こいつのような奴が人々に不幸をばらまく限り、穢れはなくならない。

　それどころか、少しずつ大きくなってエヴルラードみたいな存在になっていくんだ。こいつはこの世界にはいらない。

「ひ〜！」

　リッチが手に炎を灯《とも》してブザクに近寄っていくと、エリックと呼ばれていた大男が割り込んできた。

「ご主人様を、苛《いじ》めるな……！」

「何！」

そしてなんとリッチを抱え上げ、スケルトン達のほうへと投げ飛ばした。リッチにダメージはないだろうけど、凄いパワーだな。

「エリック、よくやった。残りの奴も始末しろ」

「う……そこまでは……できない」

エリックに命令するブザク。

だけどそう、それは無理だよ。リッチはすでに体勢を立て直して、エリックに杖を突きつけてるからね。

「人族にしてはパワーがあるな。しかし、私の敵ではない」

リッチはそう言って、骨を加工した枷をエリックにつける。エリックは一瞬で身動きが取れなくなった。

「この役立たずが！」

「……」

身を挺《てい》して主人をかばった者に対しても、罵倒《ばとう》するブザク。まったく、こんな人族がいるんじゃ、穢れも量産されるよな。

「目障《めざわ》りだ。死ね」

リッチの目が赤く輝き、ブザクの太った腹に、尖った杖が突き刺さった。

「あが……なぜ私が、こんな骨風情《ふぜい》に殺されなければならんのだ……」

「因果応報《いんがおうほう》、自分のこれまでの行いを振り返れ」

「私はただ、スラムのガキを売っていただけだぞ。この世界の労働力を、生んでいたんだ。ああいうガキどもは、そのままではただ死んでいくだけ。エリックだってそうだ。私は悪いことはしていない」

「それが悪事だとわからないから、死ぬ羽目《はめ》になるのだ。あの世で死神にでも聞くんだな」

「私は悪くない！　私は悪く……」

ブザクの体が干《ひ》からびていく。血液を吸い取っているのか、杖が赤く染まっていった。

「ご主人様……」

声に振り返ると、エリックがブザクを眺めて仮面の中から涙を流していた。

「なんで、ご主人様……。僕は、どうしたら」

酷い扱いを受けていたとはいえ、自分の主人だった男だ。いなくなってしまったら、自分が今後どうすればいいか、わからないのだろう。

「エリック、悲しむことはない。君はもう自由になったんだ。もしよかったら、僕らの街で……」

「お前達のせいで、僕は一人になったんだ。許さない」

僕の言葉を遮ったエリックを、黒い靄が覆っていく。アザベルの映像で見た光景と同じだ。

「コヒナタ、離れろ！　ガシャドクロ、彼を守れ」

「少し距離を取るよ。黒い靄は、なんでも取り込んでしまう危ないものだからね」

僕らはとっさに離れるが、逃げ遅れたスケルトンが黒い靄にムシャムシャと咀嚼される。

「コヒナタ！　凄い反応だ。奴がいる！」

後方に下がりながら、リッチが焦ったように叫んだ。いったいどこから。

「ふふ、どうですか？　コヒナタ　レンさん。我々の勇者エリックの誕生ですよ」

「アザベル！」

エリックと僕らの間の地面から、人型の靄が現れた。声と口調から、それがアザベルだと確信する。

これは罠《わな》だったんだ。

影武者とすり替わり、僕達が偽物を捕まえている間にブザクの影に隠れ、追ってきた僕にブザクがアザベルだと勘違《かんちが》いさせた。そしてエリックを、かつての自分と同じように覚《かく》醒《せい》させようと仕組んだんだ。

黒い靄は大きくなっていき、人型の靄を覆っていく。やがて中から、靄ではなく実体を持ったアザベルが現れた。

もう仮面はつけておらず、影武者よりもどこか幼く見える。過去の映像で見た、子供時代のアザベルの姿により近い気がした。

「ジャーブルではわたくしの巨人を倒してしまうほどの強者でしたが、我々の勇者には勝てますかね？　勝てなかったら、この世は終わりですよ。わたくしと彼で、この世を破滅《はめつ》に追いやるだけだ」

アザベルは不敵《ふてき》な笑みを浮かべながら言った。

「破滅に追いやるなんて、それは本当に君がしたいことなの？」

僕はアザベルに疑問をぶつける。この世界には、アザベルが守りたかった家族と同じような人達がいっぱいいるのに。

「ふっははは。アリシアや両親がいないこの世界に、なんの意味があるのです」

「君は、君と同じような人を作ろうとしているんだよ。わからないわけじゃないだろ」

俯き加減のアザベルの表情が、少し苦しそうに見えたのは気のせいだろうか。しかし彼はすぐに顔を上げると、エリックに視線を移した。

「そんな言葉など、なんの意味もない。さあ、勇者が誕生するぞ。刮目《かつもく》せよ！」

アザベルは再び黒い靄になり、エリックを覆っていく。やがてその靄から、黒い鎧を纏ったエリックが現れて咆哮を上げた。

「ガアァ〜〜!!」

彼のフルフェイスの兜には、まるで涙が伝った痕のような青い模様《もよう》が目元に描かれている。

「素晴らしい！　これが穢れの勇者エリックです！」

エリックの傍《かたわ》らに再び姿を現したアザベルがそう言い、身震いする。アザベルは一瞬、エリックに同化したように見えた。穢れの力が増したのか、凄く強そうだ。

「私が行こう。サイクロプス隊、行くぞ」

百体ほどのサイクロプスが大剣や斧《おの》を構えた。圧倒的な戦力に見える。

あの武器も、古いとはいえ僕が作ったものだ。流石に防具は作るのがめんどくさかったから、やめたんだけどね。こうなるなら、作っておいてもよかったかな。

「狙いは、あいつだ。数で押し潰せ！」

リッチの号令で、サイクロプスがエリックを取り囲み、四方から襲いかかる。

「グルル！　ガアァ！」

サイクロプスは、一斉に攻撃をしかけようとした。しかしエリックの攻撃のほうが早かった。サイクロプスの大群は、無残にもバラバラになって崩れていく。

「ははは、素晴らしい！　流石は勇者エリック！」

サイクロプスの数が、みるみるうちに少なくなっていく。喜びに声を上げるアザベルの前に、ワルキューレが進み出た。

「アザベル、あなたの相手は私よ」

「ほ〜、コヒナタさんではないのですか？」

「あの方は、あなたにはもったいないの」

「それはそれは……ではわたくしも言わせてもらいますよ。あなたでは、わたくしには勝てないと……はっ！」

アザベルとワルキューレも戦闘に入った。二人同時に空へ飛び上がり、魔法の撃ち合いを始める。

ワルキューレは張り切っていたから、最初から本気のはずだ。その彼女の攻撃に耐えているのだから、アザベルの強さは本物みたいだな。

二人とも、割り込む隙《すき》などないくらいの戦いをしている。仕方ないから、僕はここで見ているかな。

……なんて、そんなつもりはないよ？

「ちぃ！　アースドラゴンですか」

「コヒナタさん……」

ワルキューレの援軍としてアースドラゴンを送り、エリックのほうにはレッドドラゴンを差し向けた。

『ギャオ！』

「あの巨体で、なんという速さだ！　装備から異様な力を感じる」

アースドラゴンのブレスや高速タックルを受けながら、アザベルが言う。あれだけの攻撃を受けても喋《しゃべ》っていられるんだから、君も凄いと思うよ。

「だが、同じ攻撃を何度も食らうか！」

「では、この攻撃は初めてでしょ。【セイクリッドチェイン】！」

ワルキューレの腕から、光り輝く鎖《くさり》が放たれる。アザベルを拘束《こうそく》し、奴の動きを封《ふう》じた。

「なっ、わたくしを拘束するだと！」

『ギャオ～～』

「ぐあぁ～～！」

動きを止められたアザベルに、思いっきり突っ込んでいくアースドラゴン。

存分に戦えて楽しそうだな～。なんだかアザベルが不憫《ふびん》に思えてきたよ。あんな二人の連携《れんけい》攻撃を受けたら、たまらないよね。

アザベルは地面に叩きつけられた。また気絶したかな？

「ガアァァ！」

『クウン』

一方のレッドドラゴンは、エリックと競《せ》り合い、力比べになっている。レッドドラゴンにも、アースドラゴン同様、靴を装備させている。レッドドラゴンの鱗で作った靴だ。

それと同等の力で押し合いをするなんて、穢れの勇者も伊達《だて》じゃないな。

「ガア！」

『キャウン！』

その時、レッドドラゴンにエリックが巴投《ともえな》げを食らわせた。見事に投げ飛ばされたレッドドラゴンは、可愛い声を上げてスケルトンの大群の中に落下。衝撃で、スケルトン達がバラバラになる。

まだまだスケルトン達はいっぱいいるから大丈夫だろうけど、サイクロプスは残り一体となってしまったようだ。その一体っていうのは、サイクロプスリーダーだ。流石はリーダーという感じで、なんとかエリックの攻撃を凌《しの》いでいる。

「デーモンスケルトン！　魔法構築を急げ」

リッチの命令に、デーモンスケルトン達がカタカタと返事をして魔法陣を描いていく。

レッドドラゴンがエリックに突っ込むも再度投げ飛ばされ、リッチに向かって困ったと言いたげに鳴く。

『クウン！』

「なるほど、お前でも苦戦するか。仕方ない、もう一つの奥の手だ」

リッチは、ガシャドクロとデーモンスケルトン以外にも奥の手を隠し持っているみたいだ。

「アザベル、お前の力を真似させてもらう！」

リッチの手から赤い光の球体が飛び出し、エリックが屠《ほふ》ったサイクロプス達の死骸《しがい》に入っていく。するとサイクロプスの死骸が集まっていき、何倍もの大きさのサイクロプスを一体作り出す。

「ガシャドクロ！」

巨人級のサイクロプスにガシャドクロが重なり、鎧の形になってサイクロプスを包み始める。ガシャドクロは単独で戦うだけでなく、自身の体を鎧にもできるようだ。

『オォォォ！』

巨大サイクロプスの拳がエリックに襲いかかる。ガシャドクロの鎧を纏った、サイクロプスのとげとげしい拳がエリックに傷を負わせた。

「ガァァァ！」

しかし、傷ついた部位からジュ～という音とともに煙が立ち、一瞬で回復していく。あの靄の鎧の効果かもしれないな。

「【ハンドレッドバスターソード】！」

エリックが傷を回復している隙に、デーモンスケルトンの魔法陣が構築を終え、多数の大剣がエリックに向かって次々と飛んだ。その多くはエリックが叩き落とすが、いくつかが刺さって彼の体を上下左右に揺さぶる。

エリックの動きは止まらず、あまりダメージを受けていないように見える。しかし鎧の隙間《すきま》からは緑色の血液のようなものが流れていた。

確実にダメージは与えられているようだ。そして血の色からもわかるように、彼は人間をやめてしまったらしい。

鉄と鉄が衝突する鈍い音が響き渡る中、僕とワルキューレでアザベルを拘束する。

前に作ったアースドラゴンの枷を、彼につけておくのだ。

「また影武者かもしれないけど、枷をつけないわけにもいかないからね」

「そうですね……リッチさん、彼のマナはどうですか？」

手枷足枷をつけながら、ワルキューレがリッチに尋ねた。

「アザベルか？　探ってみたが、遠隔《えんかく》操作されているような感じではない。はっきりとはわからないがな」

戦闘の指揮を執りながら、リッチが答えた。

「しかし……あのエリックとかいう者は強いな。こちらの攻撃をかなり防いでいる。まあ、あの黒い靄による力かもしれないがな」

エリックは防戦一方になっているけど、片膝すらつかずにこちらを見ていた。

両腕を顔の前で揃えてガードする、いわゆるピーカブースタイルで耐えながら、赤い目をこちらに向けている。その姿は異様でしかない。

「ふふふ……あははは」

不意にアザベルが目覚め、突然高笑《たかわら》いを始めた。

「何を笑ってるんだ？」

「エリックは勇者なのですよ。決して敗《やぶ》れることはないのです」

僕の問いに、クックックと笑いながら答えるアザベル。なるほど、勇者か……。

ゲームや物語の勇者は、確かに何度やられても復活して、徐々に強くなっていく。この世界でいう勇者も、それくらいの存在とされているのだろうか？

今のままでは、リッチの操る魔物達がエリックを倒すことはできないかもしれない。だけど、それはエリックを死なせないように、最低限の手加減をしているからだ。

「リッチ」

「ああ、わかっている。しかし、いいのか？」

「本当はエリックを解放してあげたいけど、あの殺意を止めることはできないと思うんだ」

ずっと防御姿勢のまま、こちらに視線を向けているエリック。その目にこもった殺意は尋常《じんじょう》じゃない。彼はもう人間には戻れないんじゃないかと思ったのだ。

「……わかった。ならば、本気で行くぞ！」

リッチが上空に飛び上がり、杖にマナを溜めていく。一気に片をつけるつもりなんだろうね。

「ガァァァ！」

しかし同時に、エリックが動き出した。無数に飛んできていた剣を掴み、リッチに投げつけてきたのだ。二本の大剣がリッチの両腕を粉砕する。

「……なるほど。私が動くのを待っていたということか」

「大丈夫？」

「ああ」

僕も宙に浮かんでそばに行くと、リッチが頷いた。

エリックはまたピーカブースタイルで【ハンドレッドバスターソード】を防ぎながら、僕を睨みつけている。

剣は休みなくエリックを襲い続けるが、彼はそれを気にも留めていなかった。

「コヒナタ……【ハンドレッドバスターソード】を止めるぞ。いいな」

リッチは自分の腕を回復させ、僕に確認してきた。エリックのあの防御力と回復力を考えると、中途半端《ちゅうとはんぱ》な攻撃はこちらの隙を生むだけだ。一気に片をつける。

「了解。アースドラゴンとレッドドラゴン、いける？」

『ギャオ！』

『クウン！』

「リッチ、マナが溜まったら、僕らごとやっちゃって」

「大丈夫なのか？」

「大丈夫だよ。リッチには悪いけど、この装備はそんなにヤワじゃない」

僕の装備はどんな攻撃も受けつけないだろうから。

少し複雑な様子ながらも、リッチは頷いてくれた。

第九話　二人の勇者

「よ〜し。いきますか」

『ギャオ〜〜』

『クゥ〜〜〜』

僕はアースドラゴンの背に乗って、エリックへと突撃していく。レッドドラゴンも、それに並走する。

次の瞬間、【ハンドレッドバスターソード】の攻撃がやんだ。するとエリックは防御の手を下ろし、僕を見据えた。

「ガアァ〜〜！」

エリックが先に動き出す。地面に両手を突っ込み、めくるように持ち上げた。地面は二十メートルほどもめくれ、僕らに覆いかぶさってくる。

「アースドラゴン、そのまま突っ込め」

『ギャオ〜〜』

アースドラゴンは、地面の塊をものともせずに突っ込む。

「コネコネっと、完成。これで、こうだ！」

僕はアイテムボックスから取り出したハイミスリルでツルハシを作り、一振りする。めくれて覆いかぶさってきた地面の塊は、綺麗に真っ二つ。

アースドラゴンとレッドドラゴンはノーダメージでエリックへと突進した。

「!?　……」

無言で吹っ飛ばされるエリックは、やはり不気味だ。

地面に落下したエリックはすぐに起き上がり、僕らと睨み合う。

少しすると、エリックが再び動いた。レッドドラゴンに飛びかかったのだ。すかさずアースドラゴンと一緒に駆け寄るが、うまく避けられてしまう。

こういう時、遠隔攻撃ができる仲間にサポートしてほしいんだよな〜。そんなことを思っていると。

「今日は私がウィンディの代わりですね」

ワルキューレが嬉しそうに、エリックへと光の矢を放った。世界樹の分体だからか、彼女は聖属性の魔法が得意なようだ。

「グルル……」

ワルキューレの光の矢を嫌がり、レッドドラゴンから離れるエリック。

戦闘は無茶苦茶だけど、僕らとの力の差を冷静に感じ取ってるみたいだ。特に僕とは直接戦いたくないっていうのを感じる。思い通りにはさせないぞ。

「アースドラゴン、土で大きな壁を作って」

『ギャオ！』

アースドラゴンに頼むと、僕らとエリックを囲むように、地面から大きな壁が現れる。厚さ十メートル、高さ百メートルはある土壁だ。アースドラゴンのマナで作られたものなので、かなりの強度がある。

「これで逃げられないよ。大人しく僕と戦うんだ」

「グルルル」

不利な状況と見て、僕を睨みつけるエリック。

彼との戦闘は長引かせてはいけない。時間をかけると回復されるしね。

「みんな出番だよ」

僕はアイテムボックスからありとあらゆる武器、防具を取り出す。前に作った装備達も、みんなみんな取り出す。仲間達用にストックしてあった装備も、ギルドに卸《おろ》さなかった装備も、片《かた》っ端《ぱし》からだ。

この間、フルフェイスの全身鎧を作った後に、今までの装備達を取り出してコネコネしてみたんだ。すると装備達には命が芽生《めば》えて、リビングウェポン達のような生物へと昇華《しょうか》した。もっとも、アイテムボックスに入れられるから、物ではあるんだけどね。

「彼を解放してあげて」

剣はぴょんぴょんと跳ね、盾は盾同士でぶつかり合い、鎧は人型を作って拳を合わせる。みんな、僕を励《はげ》ましながら承知《しょうち》してくれた。

エリックを解放という名の死へと導くしかない僕を、励ましてくれているんだ。装備達は、なんて優しいのだろう。

装備達が一斉にエリックへと飛んでいった。

剣は甲高《かんだか》い音を鳴らしてエリックを斬りつけ、盾は鈍い鉄の音を奏《かな》でてぶち当たり、鎧はバラバラになってエリックの四肢《しし》の動きを止める。まるで僕の作った枷をつけたように、エリックは地面に拘束された。

僕はエリックに近づいていく。

「グア！　ガアァァァ〜!!」

「無駄だよ。これに抗《あらが》えるわけない」

僕は勝負を決めようと、リッチに合図するべく手を挙げた。

「コヒナタさん！　アザベルが！」

その時、ワルキューレから声がかかる。アザベルには枷をつけたはずだけど。

「手足は動きません、しかし、口は動くんですよ」

アザベルのいたはずの場所に彼の姿はなく、代わりにエリックのほうからそんな声が聞こえてきた。

四つん這いに拘束されたエリックの前で、両手両足のなくなったアザベルが宙に浮いていた。口から黒い靄を出しているから、あの靄で自分の体を切断したのかな。次は、特殊なマスクでもつけてあげようか。

「装備のみんな、アザベルも拘束して！」

「おっと、そうはいきません！」

僕はすぐに装備達に指示を出すが、アザベルの声と同時にブワッと黒い靄が湧き出てきた。土で作り出した壁を大きく超え、装備達の周囲に広がっていく黒い靄。

装備達は、たまらず僕の元に帰ってくる。中には黒い靄に欠損《けっそん》させられてしまった装備もいたので、すぐにコネコネして直してあげた。

「くっくっく、この体、素晴らしいですね」

「そういうことね……」

靄がおさまった後に現れたのは、元々大きかった体がさらに二回り大きくなったエリックだった。鎧全体に、目のようなものが輝いている。アザベルがエリックに同化――いや、乗り移ったのだろう。さっきよりも禍々《まがまが》しいオーラが辺りに漂う。

「でも、同じことだよ。みんな！」

僕は再度、みんなに攻撃させる。案の定エリック、いやアザベルは簡単に取り囲まれて、地面に組み伏せられた。

「終わらせよう」

僕は、四つん這いになっているアザベルを見てそう言った。

そしてアザベルに近づこうとした時、リッチの大きな声が聞こえて動きを止める。

「コヒナタ！　離れろ！　【ファイナルダーク】！」

僕の装備達を巻き込んで、リッチが溜めていた攻撃、黒い波動《はどう》のビームが解き放たれた。直径十メートルほどの円柱形のぶっといビームが土の壁に穴を開け、アザベルに直撃する。

その瞬間、盛大に土煙が上がった。

「油断するな、コヒナタ。奴はまだ余力を残しているぞ」

リッチに怒られて、珍しく焦った様子の彼に視線を向ける。どうやらリッチの渾身《こんしん》の一撃でも、とどめはさせなかったようだ。

とその時、背後からぞわりと嫌な気配がした。

「そうですよ、コヒナタさん。油断してはいけません」

振り返ると、アザベルが異様に白い歯を輝かせて笑い、黒い靄を纏わせた剣で斬りつけてきた。

「コヒナタさん!!」

ワルキューレの悲鳴のような声が聞こえてくる。

「油断か~、してみたいな~」

「……」

アザベルは、僕の言葉に何も言えずに狼狽えている。黒い靄の剣は、僕には通用しなかったのだ。

「僕は人よりも臆病《おくびょう》なんだ。装備も準備も、誰より万全にしてないといられないんだよね」

僕はアザベルに話し続ける。

「僕がいなかった頃の世界で、君は人族に傷つけられてしまった。それは本当に同情する。だけど……だからと言って、この世界を滅ぼしていいわけがない」

「……黙れ黙れ黙れ!」

手近にあった僕の武器を手に取り、何度も斬りつけてくるアザベル。僕は落ち着いてそれを防御する。

キン！　キン！　ガン！　鉄のぶつかり合う大きな音が響く。そんなことしても無駄なのに。

「自分で作った装備にやられる馬鹿はいないよ」

　僕の作った装備は、心の悪しき者には使えない。元々の性能がマイナスされるんだ。つまり＋《プラス》１００だったら－《マイナス》１００になってしまう。彼らは、僕を守ってくれる存在だから。

　それに、バチッて電気みたいなものが走るんだけど、アザベルはそれに耐えて使っているようだ。

「これで終わりにしよう」

　巨人と戦っていた時のみんなみたいに、マナの剣を作り出す……なんてこと、僕にはできない。僕は大した訓練もしていないからね。でも代わりに僕には、これまで作ってきた装備達がある。

　武器達が重なり合って刃を作り出し、防具達は剣の柄《つか》を作り出していく。やがて僕の身長の何倍もある、とても大きな剣【レクイエムソード】が完成した。

　僕を畏怖《いふ》しているのか、アザベルは尻もちをついて後ずさる。

「あ……あああ！」

「これが、僕が君達に贈《おく》る【レクイエム】だよ」

　意を決して、静かに剣を振り下ろす。

　刀身から眩《まばゆ》い光が空に伸び、大剣が旋律《せんりつ》を奏でて、時の流れを遅らせていく。顔を歪《ゆが》ませるエリック、そして乗り移ったアザベルが見える。

ふと彼らの顔が、クリアクリスとイザベラちゃんに重なった。彼女らのように、彼らが困っている時に僕がいれば、こんなことにならずに済んだはず。優しい両親、優しい友達と一緒にいられたんだ。それを心の中で悔《く》いた瞬間、ゆっくりと振り下ろされていた剣が動きを止めた。

「……時が、止まった」

それは、僕にとっても予想外だった。

僕だけは動けるようで、振り返るとドラゴン達やリッチ、ワルキューレの動きも止まっているのが見えた。恐る恐るレクイエムソードから手を離すと、宙に浮いたまま固まっている。僕はそのまま、アザベルとエリックに近づいていった。

「助けられなくてごめんね」

これは僕の自己満足だけど、そう言わずにはいられなかった。とどめをさす前に、謝らせてほしかったんだ。

「この黒い靄さえなかったら……ん？」

アザベルとエリックを覆う黒い靄に触ると、感触《かんしょく》がある。この感触は〝最上の空気〟と同じ感じだ。

「もしかして？」

【幸せな霧《きり》】


なんか変なの手に入った～。幸せな霧って何？　靄じゃなくて、霧？

「とにかく、アイテムボックスから取り出してみようか」

いつまで時間を止めていられるかわからないので、僕はアイテムボックスから幸せな霧を取り出す。

「ふむ、輝いている霧だね」

ただ輝いている霧といった感じだ。ダイヤモンドダストをテレビで見たことがあるけど、あんな感じ。

「ん？　よ～く見ると何か見えるぞ」

霧の中に何か映像が見える。その映像には、僕やファラさん、それにみんなが映っている。エルフさん達が来てパーティーをした時の映像かな？　あれは楽しかったな～。

「……幸せな瞬間を映し出す霧かな」

映像を見ながらほっこりする。こんな幸せなものが、あんな禍々しいものから取れるとは……。

「あの靄を全部採取したらどうなるんだ？」

時間が許す限り実行だ。

僕はエリック達から立ち上る黒い靄をひたすら採取採取。六桁ほど幸せな霧を採取すると、ようやく黒い靄は消え去った。

どんだけ黒い靄、あるんだよ。黒いなこの世界は。って僕の元の世界にも穢れがあれば、たくさん採取できそうだな。

「時間、まだ止めていられるのかな？　流石、僕の装備達だ」

まだまだ時間に余裕がありそうなので、僕は幸せな霧をコネコネし始める。

「どうせだから聖なる聖水と〝最上の空気〟も混ぜて〜」

コネコネコネコネ、コネコネコネコネコネ、コネコネコネコネ……ふぅ〜。


【白き清浄な聖なる白霧】

重複《ちょうふく》しまくりで、意味がバグったものが完成しました……。

説明を見てみよう。

「神界の清らかな空気を十倍にし、二で割った感じの空気を纏った霧。最愛の者を思い出させてくれる、抱擁の霧」

同じものを十倍にして二で割るって、それなら五倍でいいんじゃないの？

「まあ、いいか。とりあえず、ばらまいちゃえ～～」

やまほど作ったので、僕はここら一帯に充満するように霧をばらまいた。

◇

ド～ンと大きな音が鳴り響く。

わたくしはアザベル。コヒナタ　レンに恐怖を感じてしまった男……。

目を覚ますと、辺り一面、白い霧に覆われていた。

「ここは……」

白い霧の世界に放り出された私とエリック。いつの間にか我々は、別々の体に分かれていた。

さらに、体が元気な状態に戻っている。確かに四肢を斬り落としたはずなのだが。

「ここは、あの世ということか……」

コヒナタに敗れ、あの世に来たのかもしれない。体が治っているのが何よりの証拠《しょうこ》だろう。

「うぅ……」

「エリック、気が付いたか」

穢れの勇者エリック。考えてみれば彼は、今回の最大の被害者だったのかもしれない。元々悲惨《ひさん》な運命におかれ、最後はわたくしの道具になってしまったのだから。

「……ご主人様？」

「ん？」

エリックは、天を見上げて呟く。天といっても、霧で空など見えないが。

「ご主人様、あり……がとう」

「何が見えているんだ？」

エリックには何かが見えているようだが、こちらには見えない。ご主人様と言っているので、ブザクの幻覚でも見えているのだろうか？

エリックに乗り移った時に、彼の過去の記憶が見えた。

エリックは、ブザクに出会ったことで命を救われた。街道で盗賊に馬車が襲われ、当時まだ乳飲《ちの》み子だったエリックは、ブザクの手元で育てられたのだ。

他の奴隷は売っていたブザクだったが、エリックだけはなぜかそうしなかった。

本当に稀《まれ》にではあるが、エリックに優しい視線を向けるブザク。その表情に、エリックは喜びを感じていた。悪い奴だとわかっていても、育ての親であるブザクを嫌いにはなれなかったのだ。

「ん？　何か見えてきた？」

白い霧の中、誰かがこちらに手を振っている。

「アリ……シア……アリシア！　お前なのか！」

思わず叫んでいた。

霧の中で手を振っている少女は、確かに五歳のアリシアに見えた。隣には父さんと母さんもいる。

わたくしは駆け寄った。しかし彼女達には近づけなかった。どんなに走っても近づけず、見ていることしかできない。それでも家族の顔を見ることができて、自然と笑顔になっていた。

しばらく走っていると、白い壁に突き当たった。どこまでも続く白い霧の世界だと思ったが、終わりがあったんだな。

壁に背を預けて座ると、自然とため息が口から漏れる。

「久しぶりのアリシアの顔、可愛かったな。それに父さん、母さんも元気そうだった」

こんな気持ちになるのはいつぶりだろうか。

笑顔の自分、見なくてもわかる、口角の上がる感じ。

わたくし……『僕』が穢れとなる前の記憶だ。ふと、父さんに聞いた一族の歴史を思い出す。

僕らレッドトライアイズは、魔王の一族。魔王となった者が地上を支配するため、一族を引き連れて地上にやってきた。しかし異世界から来た勇者によって、魔王は倒された。

魔王は死んだが、生き残った者達は全員が悪い者達じゃなかった。

事実、レッドトライアイズの父は心優しく、別の種族の母と結ばれて僕が生まれた。

勇者は一部の者達を許して見逃してくれ、一族は人里離れた場所で暮らすこととなった。

氷の大地のはるか地下に戻るには魔王の力が必須《ひっす》だったため、地上で暮らすしかなかったらしい。

それぞれ家を建てて暮らし始めた一族だが、人族に見つかると奴隷に落とされたり、拷問《ごうもん》をされたりしていた。そのため家族ごとに離れた場所で隠れて暮らしていたが、そんな僕らも、とうとう見つかってしまった。結果、僕は大事な家族を失ったのだ。

さっき霧の中で見たのは、隠れて暮らしていた頃の光景だった。

草原に藁《わら》で編んだシートを敷《し》き、ピクニックをした時のものだ。はしゃいだ妹に急《せ》かされ、花畑で遊んだ記憶……。

やがて白い霧の中に、再び鮮明にアリシアの姿が浮かび上がる。

妹はとても元気で、僕はいつもあたふたさせられた。

「アリシア。そんなに走ってると転んで怪我するぞ」

「平気だも～ん……。あうっ」

「ほら～」

花をまき散らして、アリシアが見えなくなる。僕が駆け寄ると、大きな声が聞こえてきた。

「痛いよ〜」

「お兄ちゃんの言う通りにしないからだぞ。ほらっ、見せてみな」

膝を怪我してしまって、少し血が滲《にじ》んできている。僕は妹の膝に手を当てて、回復魔法をかけた。

「わ〜、凄〜い」

「もう痛くないだろ」

「うん。お兄ちゃんありがと〜」

アリシアはそう言って僕に抱きついてきた。

「お兄ちゃん大好き」

「はいはい」

「嘘じゃないよ〜、ほんとだよ」

「誰も嘘なんて言ってないよ。僕もアリシアが大好きだよ」

……。

僕は霧に映し出された思い出を眺めている。涙が止まらない。

僕は今まで何をしてきたんだ。なぜ、不幸をばらまこうとしていたんだ。僕はただ、家族と幸せに暮らしたかっただけなのに。

最初は、家族の復讐のために人族を、世界を滅ぼすつもりだった。だが、いつからか、自分が何をしたいのかがわからなくなっていた。ジャーブルの街で領主に成り代わる、ずっと前から。

「……見ているんだろ？」

僕は泣きながら、霧の中で目を凝らした。

するとやがてコヒナタの姿が浮かび上がる。彼がここにいるということは、ここはあの世ではなく現実なのだろうか。

白い霧から現れた彼は、申し訳なさそうにしていた。

「この霧はあなたが作り出したのか？」

「……」

彼は私の問いに無言で頷いた。

「ありがとう。家族との温かな過去を思い出すことができたよ」

私の心からの礼に、彼は頷くだけ。

兜で見えない彼の顔は、どんな表情になっているのだろうか。

「エリックはどうした？」

「あの子は僕らが保護したよ」

「そうか。あの子は今回の一番の被害者だ。僕が言えることではないが、幸せにしてやってくれ」

「君は？　君はどうするつもり？」

彼は焦るように聞いてきた。僕は……。

「アザベルは根っからの悪人じゃないだろ？　悪行にも手を染めてしまったけど、本意じゃなかったんだろ？」

「そんなことはない。僕は罪のない者も殺してきた……」

僕は、人族を――この世界を滅ぼすつもりだったのだ。そして、エリックまで利用してしまった。

「どうせなら、あなたに殺してほしいんだが」

「……」

コヒナタは、僕の言葉に俯いて顔を背けた。気のせいか、彼の兜の隙間から光る筋《すじ》が見えたような気がする。

「……き、君のそんな望みを聞くつもりはないよ。君は、死によって解放されるべきじゃない。苦しみ抜いてから、死ぬべきだろ……」

少し震える声で言うコヒナタ。僕は思わず笑ってしまった。

「ふ、そうだな。では精いっぱい苦しみ抜いてやるか」

「ああ、そして充分苦しんだと思ったら、僕の元に来ればいい。その時に……」

「……あなたはほんとに甘ちゃんだな」

コヒナタは僕に優しい言葉をかけて、消えていった。白い霧の中へ。

「やっぱり君は勇者だったんだな。優しい……」

彼のいなくなった霧に向かって呟く。僕はホッと胸が温かくなるのを感じた。

彼がいれば、この世界は大丈夫、そんな思いがよぎった。

彼のいなくなった霧の中から、人影が近寄ってくる。涙で揺れる僕の視界でも、わかる人達だ。

『お兄ちゃん、良かったね』

『幸せになるんだぞ』

『アザベルなら大丈夫よ』

「アリシア……父さん母さん……」

それは映像ではなかった。確かに触ることができる、僕の家族。

『神様が降ろしてくれたんだ』

『お兄ちゃん、凄いんだよ。神様のいる神界って、とっても広くてとってもとっても暖《あたた》かいの』

「神界……」

神など、信じていなかった。僕は今まで神に唾を吐いて生きていた。それなのに、こんな〝仕打ち〟卑怯《ひきょう》だ！

『あらあら、アザベルったらこんなに泣き虫だったかしら』

『お兄ちゃんの泣き虫〜』

母さんとアリシアが楽しそうに話す。

「ははは、アリシアに言われちゃったな」

僕は嬉しさのあまり、涙で前が見えなくなってしまう。みんなに笑われてしまったけど、とても嬉しかった。父さんの力強い腕、母さんの優しい香り、アリシアの温かい声。どれもが僕の心を揺さぶるんだ。

『私達は、いつでもあなたの近くにいるわよ』

『泣きたい時には泣いていいんだぞ』

「そんなにしょっちゅう泣いていられないよ」

『あ〜、お兄ちゃん本当はいつも泣きたかったんだ〜。泣き虫〜』

「そ、そういうわけじゃ」

思わず本音《ほんね》を言ってしまうと、アリシアにからかわれてしまった。

『ははは、泣くことは決して弱いことじゃないんだぞ。強いからこそ涙を流すんだ』

父さんの言葉に、アリシアが首を傾げる。

『そうなの？』

『そうよ。だってアザベルは強いでしょ？』

『うん！　お兄ちゃんは強いんだよ。私の怪我もすぐに治してくれたもん』

僕の優しい家族は、僕を抱きしめて優しい言葉をかけてくれる。

ああ、温かいな……。このまま、溶《と》けてしまいたいほどに。

『そろそろ帰らないといけないみたい』

『え～やだやだ。お兄ちゃんともっとお話ししたい～』

『アリシア、お兄ちゃんを困らせちゃダメだろ』

母さんが促すとアリシアが駄々《だだ》をこねる。父さんはそんな妹を抱き上げ、優しい表情を浮かべた。

「帰るって、どこに？」

『神様が――ルースティナ様が待っているの』

母さんの言葉に首を傾げる。今、みんなは神界にいるのか？

『アザベル、私の愛《いと》しい子。あなたが苦しみ抜いた先で待っているわ』

『またね。お兄ちゃん』

「えっ！　それはどういう意味？」

母さんとアリシアの言葉に再度首を傾げるが、みんなは微笑むばかりだ。

『それはお前が苦しみ抜き、そして生き抜いた時にわかるさ。またな、我《わ》が息子アザベル』

僕の家族はそう言って、白い霧の中へ消えていった。みんなの言葉が気になる。〝また〟という言葉……再び会えるってことなのか？

「みんな……凄く気になることを言い残していったな。これは苦しみ抜かないといけなくなった。神ルースティナ――、そしてコヒナタ。僕は生き抜いてやるよ！」

僕は天を仰《あお》いでそう呟く。

「だけど、今日はもう歩けん。涙を流しすぎたかな……」

僕はアザベル。人族の、世界の破滅を願った男。戦いに敗れたが消えることはなく、苦しみ抜いて生きることを選んだ、穢れ。

今は白いこの空間で、ただ大泣きする少年……。いや、いつの間にか僕は、雪原にいるようだ。静かに降り始めた雪は、涙の味がした。

◇

「コヒナタさん……」

「ああ、ありがとうワルキューレ」

白い霧から出た僕は、涙を流した。アザベルは、苦しんでいたんだね。

ワルキューレがタオルを僕に手渡してくれる。彼女も涙を流していた。アザベルの過去を知ってしまったら、そうなっちゃうよね。

「この子は私にお任せください。教育して、聖なる戦士にしていきます」

ワルキューレがそう言って、エリックの腰辺りに手をかけた。

黒い靄が消えて白い霧に包まれた後、彼は優しい子に戻っていた。やっぱり、黒い靄は負《ふ》の感情を増幅させる作用があるみたいだね。

「ご主人様を殺した骨、嫌い。ご主人様は悪い人だったけど、たまに、ごくたまに優しかった。それは、わかってほしい」

「ああ、わかってるよ」

「あ、ありがとう」

ペコペコとお辞儀をして、お礼を言ってくるエリック。

彼にとってブザクは親のような存在だったのかもしれない。話し方から察するに、勉強なんかはさせていないみたいだ。相当幼い頃にブザクと出会ったのかな。

エリックは、体も大きいから大きな家を作ってあげないといけないな。

「エリック、顔を見せてもらっていいかな?」

エリックは、まだ黒い鎧を身につけたままだ。

「僕の顔、変だってご主人様が言ってた。あまり見てほしくない」

「それでも一応ね」

「わ、わかった……」

エリックは、黒い兜に手をかけて持ち上げる。

「ふむ、美形だな」

「わ〜、お約束だな〜」

どこの王子様ですかといった感じの美形でした。リッチとともに声が漏れてしまう。

金髪で美形って、なんでこんなにカッコいいんだ。ずっと切っていなかったであろう長い髪が、見事に艶《つや》めいているよ。

「僕、美形なのか？」

「ん？　そうだよ、かなりね」

「レン様のほうが、カッコいいと思うけど」

おう、僕に気を使って褒めてくるとは、なかなかできた子じゃないか。って、いつの間にかワルキューレがエリックに、僕の呼び方を教育したみたいだな。様なんてむず痒《がゆ》いんだが。

「エリック、様なんてつけなくてもいいよ」

「ワルキューレ様が、レン様と呼ぶようにって」

「ちゃんと上下関係をはっきりさせないといけません。この子は、私達の子供なのですから」

「子供ってワルキューレ、何言ってるの？」

「……おっとう？　おっかあ？」

「……」

どうやら、ワルキューレはエリックを養子にしたいようです。僕とワルキューレの子供ってことなのかな？　いやいや、ワルキューレと僕はそんな関係じゃないんですけど。

ワルキューレは優しい笑顔でエリックに言う。

「そうですね。家族なのですから、お父さん、お母さんと呼んでください」

「おとう、おかあ」

「お父さん、お母さんですよ、エリック」

なぜだか、そんな感じになってしまった。みんなから怒られそうな案件がさらに増えちゃって、色々と怖いな。

しかし何を言っても今のワルキューレには通じないだろうし、ここは放置しておこう……。

「じゃあ、帰ろうか」

「転移で行かれないのですか？」

「あ〜、先に帰ってて。僕はルーシーさんに挨拶した後、ドラゴンと一緒に帰るから」

ピースピアでのお仕置きが怖いわけじゃないよ、ただドラゴンと一緒に空の旅がしたいだけだよ。

「皆からの罰が待っているからな。その前に、空の旅を満喫《まんきつ》するのもいいだろう」

飛び立とうとする僕に、リッチがそんなことを言ってきた。僕が何をしたっていうのさ。みんなを守りたいと思っただけなのにさ。

「では我々は先に帰っていますね。早めのご帰還《きかん》を」

「ははは〜、ちょっと遅くなるかもしれないからね〜」

「……早めのご帰還を」

「わ、わかってるよ……」

しっかり釘《くぎ》を刺して転移していったワルキューレ達を見送って、僕はひとまずララの街に向かった。ルーシーさんに目的を果たしたことを伝えて挨拶を終えたら、アースドラゴンと一緒に空の旅。

レッドドラゴンも一緒に飛んでいるんだけど、イチャイチャし始めてしまって、そんなに速く飛べないようです。これは致し方ない。

遅くなるのはありがたいくらいなんだけど、僕の目もあるので遠慮してほしいな〜。もしかしてクリアクリスも、僕とファラさんを見てそう思っていたのかな、なんて考えてしまった。反省反省。

第十話　僕の仲間達

「モグモグ、いや～いい景色だな～」

アースドラゴンの背に乗って、僕はピースピアに向かっています。景色を楽しみながら、白いパンで作ったサンドイッチを食べています。やっぱり旅はこうでなくちゃね。

「もうちょっと遅く飛べないかな～？」

『ギャオギャオ』

「え？　これ以上は無理？　そんなこと言わないでさ。あっ、そうだ！　飛ぶのやめて走る？」

『クウンクウン！』

「速度をこれ以上落とすと、私達が怒られる？　いいじゃんか、君らはジェムに戻ればいいんだから～。僕は矢面《やおもて》に立つんだぞ～」

なんて言ってるのかわからないけど、なんとなくの雰囲気で解釈《かいしゃく》してみた。二体とも頷いているところを見ると、言いたいことは大体合ってるみたい。

あ～この速度じゃ、あと一時間もかからずに着いちゃうよ。

「あっ、装備を外しちゃえば良かったんだ！　失敗した！」

あちゃ～とおでこに手を当てて、僕は大きな声を上げた。

アースドラゴンとレッドドラゴンは、それぞれの鱗で作った靴を履いている。ステータス爆上げで、速度も爆上げしているんでした。外していれば、あと一日は違ったかも。

『ギャ～オ！』

「も～なんだよ。アースドラゴン……」

『ギャオギャオ』

「え？　僕じゃないって？　……あ、本当だ」

落ち込んでいると鳴き声が聞こえてきたので、アースドラゴンが文句でも言ってるのかと思ったけど、彼ではなかったみたい。

「ワイバーン？」

トカゲに羽が生えたような魔物が、群れでこちらを睨みつけていた。

「……チャンス？　空じゃ危ないかな～、降下して～」

これは帰りを遅らせるチャンスではないかと思って、アースドラゴンに降下を命じる。

しかし、そんなチャンスは来なかった。

バリバリバリ！　雷撃のような一筋《ひとすじ》の剣圧が飛んできて、ワイバーンみたいな魔物が群れごと消えていった。その剣圧が飛んできた方向はもちろん、ピースピアのある方向……。

「レンレンおかえりなさ～い。ファラが待ってるよ～」

「ははは～……」

ピースピアから見える位置まで、来ちゃってたみたいです。ウィンディの大きな声が聞こえてきました。

あの剣圧はピースピアの結界内から放たれたみたいだけど、やっぱりファラさんなのかな～？

僕は引き返したい思いをなんとか抑え込んで、ピースピアの結界を通り、屋敷の前に降り立った。屋敷の屋根から人影が下りてきて、僕に抱きついた。

「ファラ……」

屋根から下りてきたのは、ファラさん。彼女は泣きながら僕の胸に顔をうずめた。

「一人で行かないでよ。私はもう、一人になりたくないんだ……」

「……ごめん。ごめんね、ファラ。二度としないよ」

「ほんと？」

「ああ」

僕が約束すると、ファラさんは顔を上げて笑顔になっていく。

いつも気丈《きじょう》な彼女だけど、過去には色々あったんだよな。家族を亡くしているみたいだし、そのトラウマに僕は足を踏み入れてしまっていたようです。

「みんなを呼んでくれる？　今回の詳細を話すから」

「うん！」

ファラさんの涙を指で拭《ぬぐ》ってあげながら言うと、彼女は元気に返事をして、リッチのスケルトン達に指示を飛ばした。

リッチのスケルトンは、伝達係やタクシーのような仕事をしている。伝達はそのまま走って伝えに行くことが多いんだけど、タクシーは昔の籠屋《かごや》みたいに移動する。エッホエッホとは言わないものの、結構好評で名物になりつつあるのだ。

ファラさんに指示されたスケルトンを見送って、僕らは屋敷に入っていく。

「レンレ～ン、おかえり～。ささ、お仕置きの時間だよ～」

「……」

屋敷に入ってしばらくすると、みんなが集まった。最後にウィンディが入ってきてそんなことを言っています。まったく、ウィンディは……。

「ウィンディ、今はアザベルとのことを聞こう。レンを叱るのはその後で」

「は～い」

ファラさんはウィンディにそう言い聞かせてくれたが、僕が叱られるのは決まってるのね……。

「まあ、仕方ないか……」

みんなに言わずに行ったのは、確かに悪いことをしたと思ってる。男らしく叱られてあげよう。ピースピアに帰ってくるまでは男らしくなかったかもしれないけど、それが僕なのです。


改めて、僕は屋敷のリビングでみんなを見回す。

ファラさん、ウィンディ、クリアクリス、エレナさん、ワルキューレ、エイハブさん、ルーファスさん、リッチ、イザベラちゃん、ルーラちゃん。みんな僕のために色々と良くしてくれている人達。僕に感謝しているからと言ってなんでもしてくれるけど、僕こそ彼らに感謝してる。とても頼りになる仲間達です。

「レン、先に聞きたい。なんでリッチと二人で行ったんだ？」

「俺達はみんな納得してないんだぞ」

エイハブさんとルーファスさんが不満そうな顔で僕に聞いてきた。

「単純に怖かったんだよ。僕は臆病だからさ」

「怖かった？」

「そう、みんなが傷つくのが怖かったんだ」

「……」

僕の言い訳を聞き、みんな顔を背けて震えている。感動で涙しているのかな？

「プ」

「クスクス」

ん？

「ブッハハハハハ！」

「おい、エイハブ、レンは優しさで、ブフッ」

……。どうやらみんな、笑いをこらえていたようです。エイハブさんとルーファスさんがこらえきれずに思いきり笑ってしまって、それにつられてみんなも笑い出した。

「この装備に傷をつけられる奴なんて、そうそういないだろ。確かにルーファスはアザベルにやられたようだが、それもすぐに回復したしな」

「エイハブの言いたいこともわかるがな。レンはそれだけ優しいってことなんだよ」

少し落ち着いてくると、エイハブさんが僕の装備を褒めてきました。ルーファスさんは僕をフォローしてくれる。

「コヒナタ様は、私達のことを大切に思っているんですよ。笑うのはおかしいと思います」

「そうだよ。レンレンは優しいんだよ」

「レンはいつも私達のことを考えてくれてるよね」

イザベラちゃんとウィンディ、それにエレナさんが声を上げてくれた。

でも、君達も笑っていたよね？

「みんな、レンが私達を大切に思ってくれてるってことはわかったでしょう？　さあ、アザベルの話を聞こう」

「お兄ちゃんは私達のこと大切〜。私もお兄ちゃん大切で好き〜」

笑わなかったファラさんとクリアクリスがそう言う。クリアクリスは、僕に抱きついてきた。抱き返すと微笑んでくれました。


クリアクリスを抱きながら、アザベルとの死闘を、事細かく話していく。みんな、最後まで静かに聞いてくれました。

「穢れは祓《はら》われたんだな」

「うん」

重い空気の中、エイハブさんが口を開いた。アザベルの過去を聞いて、感慨深《かんがいぶか》いんだと思う。俯いて目を擦ってる。

「穢れは人から生まれ、人で育つ。止めることはできない。もしかしたら私も彼のようになっていたかもしれない」

涙ぐんでいるファラさんは、自分の過去を思い出し、唇を噛みしめている。

「悩んでても仕方ないよ。また穢れが暴れ出したら私達が仕留める。これでいいじゃん」

「確かにそうだな」

ウィンディの言葉にルーファスさんが頷く。

被害を少しでも減らすことを考えて行動すればいいんだよね。でもそうなると、隠居《いんきょ》生活とはほど遠いな～。

「それよりも、レンレンのお仕置き～」

「ちっ、忘れてたんじゃないのか……」

みんな神妙《しんみょう》な表情になっていたのでホッとしていたんだけど、ウィンディが声を張り上げた。

みんなも思い出したようで、にっこりと微笑んでいる。うん、怖いな～。

みんなが僕に、自分のことをどう思っているのかを聞いて、それが本心かどうかウィンディが心眼で見抜くという罰らしい。本心を聞くなんて……恐ろしい罰だ。

ずっと別のことを考えて心眼をかわすこともできるけど、そんなことをしたら、もっと恐ろしいお仕置きが待っているかもしれない。

「誰から聞く？」

「じゃあ試しに俺から」

ルーファスさんが手を挙げて、僕の前に座った。

机を囲んだソファーにみんなで座り、僕の正面《しょうめん》の席を順番に譲っていくようです。わざわざこんな配置にソファーを変えてまで……みんな、かなりやる気だ。

「レンレンはルーファスのこと、どう思ってるの？」

ウィンディの質問を聞いて、僕はルーファスさんのことを頭に浮かべる。最初は臆病者のおじさんだと思ったけど、今では僕のために矢面にも立ってくれる頼りになるおじさんだ。

そんなことを考えていたら、ウィンディが不思議そうに言う。

「……あれ？　おかしいな～」

「どうしたの？　ウィンディ？」

首を傾げているウィンディに、エレナさんが心配したように声をかける。

「おかしいんだよね～」

何かあったのかな？

「う～ん。エレナ、レンレンのことどう思ってる？」

ウィンディはさらに首を傾げながら、エレナさんに質問する。

「えっ！」

「そうだよね～。大好きだよね～」

「ちょ、ちょちょ、ウィンディ！」

そしてエレナさんの心の声を読んで、大好きだとみんなの前で言ってしまった。

それを聞いて、僕は顔が熱くなるのを感じた。エレナさんは本心を急に暴露《ばくろ》されて、ウィンディに詰め寄っている。エレナさんの告白は二度目だ。僕は頬をポリポリとかいて照れ隠し。

「レンレンの好きな食べ物は？」

「……」

「う～、なんで～？」

ウィンディが首を傾げている。

どうやらウィンディ、僕の心が読めないみたいだな。

なぜか心眼の力が僕に効かない。神様に効かないのは確認済みだけど、それ以外に効かない人がいるってこと？

「まさかレンレン……レベル上がってるんじゃ？」

「それはありえます。鑑定のスキルもレベルが関係していますから、心眼のスキルも相手のレベルによって見えなくなるのかも」

ウィンディの言葉に、イザベラちゃんが顎に手を当てて答えた。レベル差が開いたせいで、見ることができなくなったってわけか。

「そんなに戦ってないけどな～。ステータス」

僕はみんなに見えないようにしながら、ステータスを開いた。

まずは自分で見てからみんなに知らせます。

レン　コヒナタ（天使？）
レベル　753

【HP《体力》】56000　【MP《魔力》】53000
【STR《筋力》】70000　【VIT《生命力》】68000
【DEX《命中性》】67000　【AGI《敏捷性》】80000
【INT《知力》】59000　【MND《精神力》】59000

スキル
アイテムボックス【無限】　鍛冶の神
採掘の神　採取の神

「あ〜……」

「レン？」

僕はおでこに手を当てて、困り声を上げてしまった。

心配そうにファラさんが僕の肩を触ってきたので、その手に自分の手を添《そ》える。

まさかのまさか、レベルが尋常じゃないくらい上がってる。

ルースティナ様にスキルを上げてもらった時は、レベル75だった。それがレベル753になってる。僕らが倒したのは巨人とアースドラゴン、レッドドラゴン、アザベルとエリック。

アザベルとエリックに関しては殺してないけど、経験値にはなっているようだ。そうじゃないとおかしい。

「私、レベル60になったよ～」

「私はレベル90に」

クリアクリスとファラさんが手を挙げて言う。自分がレベルを言うことで、僕が言いやすくなると考えたんだろうけど、それでも言いにくい。思わず俯く。

「そこまで言いづらいってことは、こりゃ～桁が違うな」

「なるほど」

エイハブさんの言葉に、ルーファスさんが腕を組んで頷いた。

「じゃあ、罰はなしだね」

「なんじゃ、つまらんの～」

エレナさんは笑顔で言い、ルーラちゃんはつまらなそうに頬を膨らませる。そんなに僕に罰を与えたかったのかい？　君達は……。

複雑な表情をしていた僕に、ファラさんが言う。

「私達は、レンのために働きたかったんだ。それだけはわかってね」

「うん、みんなごめんね。今度はちゃんとみんなに相談するよ」

みんなが怒っていたのは、連れていかなかったことよりも、みんなに相談しなかったことなんだよね。まずはみんなに相談して、それで一人で行けばいいんだ。

「む～、何か考えてる～。心眼が効かないと、こんなにやきもきするのか～」

ふっふっふ、ウィンディ敗れたり。心眼、恐るるに足らず。

「心配しなくても大丈夫だよ。本当に、ちゃんと相談するって約束するからさ」

「本当かな～……」

目を細めて怪しむウィンディ。大丈夫さ、ちゃんと相談する。相談してすぐに転移する……。

「ワルキューレ、というわけだからよろしくね」

「はいファラ様！　今度は皆さんの代表者も一緒に転移させます」

「ありがと、ワルキューレ」

むむ、ワルキューレはファラさんの味方か。それならばアースドラゴンとレッドドラゴンで。

「コヒナタ様、アースドラゴンとレッドドラゴンを出していただけますか？」

「えっ、どうしたの、イザベラちゃん？　ドラゴンと遊びたいの？」

「違いますよ。確かにドラゴンさんの背中にも乗りたいですけど、コヒナタ様が移動に使われる場合、私達に合図を送るように言っておくんです」

「……」

流石、イザベラちゃんだ。まったく隙がない。

その後、イザベラちゃんの要求に応えて屋敷の前にドラゴンを二体出した。彼らはイザベラちゃんの言葉に頷いている。

それからイザベラちゃんは、ドラゴンの背に跨って空を飛んだ。可愛らしく、子供に戻って楽しんでる。

「イザベラちゃん。楽しかった？」

上空を一回りして戻ってきたイザベラちゃんに、そう尋ねる。

「はい！　最高です。ドラゴンに乗るのが私の夢でしたから」

彼女は満面の笑みで答えた。僕はイザベラちゃんに近づいて、前から気になっていたことを確かめるために、ある質問をしてみた。

「ピースピアも色んな設備が揃ってきたね。あとはロボットとかもあるといいかな？」

「そうですね。ビルよりも大きなロボットだと……」

この世界の人にはわからないはずの質問に、当たり前のように笑顔で答えたイザベラちゃん。少し意地悪しちゃったかな。

イザベラちゃんはすぐにハッとして、窺うように僕を見た。

「いつから気付いていたんですか？」

うるうる涙ぐんで尋ねてくるイザベラちゃん。内緒話をするために、僕は彼女の後ろに乗ってアースドラゴンに飛んでもらった。

「最初は賢《かしこ》い子だな～くらいしか思わなかったよ。だけど、賢すぎたんだよね」

「……」

色々なことを知っていたし、大人顔負けの指導力だったしね。ピースピアの周囲にお堀を作った時も指導は完璧《かんぺき》で、明らかになんらかの知識があるようだった。

「コヒナタ様が思っている通りです。私は転生者。あなたとは違う形で、こちらの世界にやってきました」

「やっぱりね」

この世界にロボットなんて言葉は存在しない。それに反応したイザベラちゃんは別の世界……僕が元いた世界の人間ってこと。

「私は、その知識を使ってコリンズをサポートしていました。それが目立ってしまって、カーズ司祭に牢獄石《ろうごくせき》に閉じ込められてしまいました……」

能力があると、どうしても目立ってしまう。カーズ司祭は、イザベラちゃんを快《こころよ》く思わなかったんだろうな。

「コヒナタ様に助けてもらってから、同じ世界から来た人だとルースティナ様にお聞きして、近づこうとしました」

イザベラちゃんは俯き、弱々しい声で話を続ける。

「やましい気持ちで、近づこうと思ったわけではありません。私もファラさん達のように、あなたに惹《ひ》かれてやってきました。それが煩《わずら》わしいと……帰れと言われるのであれば帰ります」

「はは、そんなこと言わないよ。それよりも前の世界、僕らの世界の話をしようよ」

申し訳なさそうに話すイザベラちゃんに言うと、パーッと花が咲《さ》くように笑顔になっていく。

彼女も、元の世界の話をしたかったんだと思う。少し暗くなってきた空を飛びながら、僕らは昔の話を語り合った。

イザベラちゃんは日本人で、十七歳の時に起こった災害で命を落としてしまったらしい。その時にルースティナ様に目をかけてもらい、この世界に転生できたんだってさ。

ルースティナ様は彼女にも特別な力を与えようとしたけど、イザベラちゃんはそれをもらわなかった。悪目立ちすることが嫌だったという。

でも、それは間違いだったたって後悔《こうかい》してる。特別な力があれば、僕の力になれたのにって少し涙ぐんでいるよ。本当に良い子だ。

元の世界の話はほぼ通じたけど、ヒットソングを聞くと十年ほどのギャップがあったね。

イザベラちゃんは僕よりも十歳は上って感じみたいだ。

時間軸《じく》がずれてしまっているけど、神界は時間の流れが違うらしい。なんだかややこしいな。

「改めて、これからもよろしくね、イザベラちゃん」

「はい！　微力《びりょく》ですが、これからもこの知識でお力になります！」

僕の言葉に、彼女は頬を赤くして答える。可愛らしくて隙のないイザベラちゃん。彼女を救えて本当に良かったと思った。イザベラちゃんは最強に優秀な少女だった。

第十一話　ファラの因縁《いんねん》

「あ〜、平和だねファラ」

「そうだね……」

テラスの床に敷いた、マイルドシープの毛皮で作ったシート。その上で、ファラさんに膝枕をしてもらっています。

穢れの一件が落ち着き、ひと月ほどが過ぎた。

世界樹から注がれるポカポカの木漏《こも》れ日の下、今にも意識を手放してしまいそうになる。

「もう、あんな戦いなければいいのに」

僕の髪を撫でながら、そう呟くファラさん。

下から見たファラさんはとても色気《いろけ》があって、さらに好きになっちゃうな～。

「そうだね。でも、戦いがないと、ファラのカッコいい姿が見られないからな～」

「ふふ、レンのカッコいい姿もね」

ファラさんの良いところは、戦う姿にもあるんだよね。ワルキューレには悪いけど、戦《いくさ》乙女《おとめ》の称号はファラさんのためにあると思うんだ。

「あっ、そうだ。ファラ、ギザールの実家はどこにあるの？」

「ギザール？　今もレイズエンドにあると思うけど。それがどうしたんだ？」

「やっぱりレイズエンドか。……いや～、ちょっと挨拶に行こうと思って。昔、ファラにした仕打ちを後悔させるためにね……」

レイズエンド国にある、エリンレイズ。ギザールは、その街の第二騎士団で団長を務《つと》めていた。ファラさんをかけて対決したこともある彼の生家は、かつてファラさんの家を苦しめたことがある。愛するファラさんを苦しめた奴を、僕が許すはずないじゃないか。

最近は少し落ち着いてきたから、この機会に挨拶に行きたいと思ってる。

「レン……。もういいんだ。父も母もあの時、死んでしまった。ギザールの生家は許せないが、あえて何かしてほしいとは思わない」

ファラさんは、悲しげに言う。

ファラさんの両親は、死んでしまっていたのか。生きていればピースピアに招待したんだけどな～。

彼女はそう言うけれど、次の目的地は決まったね。行きたくなかったけど、レイズエンドに決定だ。

「レンレ～ン、お客さんなんだけど」

「え？　誰？」

その時、ウィンディがテラスの下から叫んできた。

「えっとね。フレアント家って言ってたかな？」

「フレアント家？」

全然知らない名前だ。誰かの知り合いかな？

「……レン、フレアント家こそギザールの生家だ」

驚いた様子で言うファラさん。僕も、目を丸くしてしまった。

ちょうど奴の話をしていたところで向こうからやってくるなんて、凄いタイミングだな。なんの用だろう？

「中に入れなさいって、おばさんが言ってきてるの。結界を通れないみたい」

ウィンディが指で目を吊《つ》り上げながら説明する。どうやらそのおばさんは、怖い顔をしているようだ。

「きっとフレアント家当主の妻、ノソリアだよ。私の家は、あの人のせいで終わりを迎えたんだ……」

なるほど、ファラさんを苦しめた最低なおばさんってことね。

「そもそも、ファラの家はどうしてフレアント家に苦しめられたんだっけ？」

「ギザールが小さい頃、私を妾《めかけ》にしてやると言ってきたんだ。それを断ると、男爵《だんしゃく》家の娘のくせに、侯爵《こうしゃく》家の求婚《きゅうこん》を断ったと責《せ》められて」

「……」

対決の後にギザールは改心したみたいだけど、結界が通れないノソリアっておばさんは改心していないようだね。

「ウィンディ、なんで来たのか聞いた？」

「聞いてないよ～。結界が拒《こば》んでいる時点で、聞く意味ないかな～って」

ウィンディの言っていることはもっともだね。とそこに、エイハブさんもやってきた。

「レン、結界を通れた男を連れてきたぞ」

「お久しぶりです。コヒナタ様……」

テラスの下に連れてこられた男が、跪《ひざまず》きながら僕を見上げてきた。

えっと？　誰だっけ？

「ギザール⁉」

ファラさんが叫んだ。

え、ギザール⁉　よく見ると、確かにそうだ。

あまりに殊勝《しゅしょう》な態度だし、雰囲気が変わっていて気付かなかった。それに、僕を様づけして呼ぶなんて。

「ファラ、元気そうで何よりだ」

「ああ……」

ギザールに対して素っ気なく返事をするファラさん。

「ファラ、そんなに素っ気なくしないでくれ」

「前にも言ったけれど、あなた達のせいで私のお父様もお母様も死んでしまったんだ。こんな態度を取られても当然だろう」

テラスから見下ろしながら、ファラさんが冷たく言い放つ。

「本当にすまないと思っている。殺されても仕方ないとも……。私も守るものを得たことで、君の気持ちがわかったんだよ」

「守るもの？」

「ああ、私にも家族ができたんだ」

ギザールはそう言って、遠くを見つめた。結界を通れた時点でいい人なことは間違いないけど、それとこれとは話が別だよ。昔のことをなかったことにはできない。

「それならば、わかるだろう！　私はあなたの顔も見たくないということが！」

「ああ、わかっているよ。だけど、私はここに来ることになってしまった。母のせいで……」

「どうやら、こいつの母って奴は雫を受けても改心しなかった人間みたいなんだ」

申し訳なさそうに俯いて言葉を詰まらせるギザールに代わり、エイハブさんが話した。

エイハブさん達の様子を見ていると、その母親は穢れには関係していないんだろう。ブザクのような人間ってことか。あまりにも自分の欲に忠実《ちゅうじつ》な人には、雫の効き目がないのかも。雫も万能じゃないってことなのかな。少し悲しい。

「母は私に、この街とフレアント家の懸《か》け橋になれと言ってきてね。もちろん私は断りましたし、エルドレット様にも止められたというのに……」

いつまでも離れた位置で会話するのは話しにくいので、屋敷のリビングに通した。

リビングには、僕とファラさんに加えて、ウィンディやルーファスさん、イザベラちゃんにリッチ……いつもの面々もいます。

ギザールと向かい合ってソファーに座ると、再び彼が口を開く。ため息交じりで急に歳を取った印象だ。

「ピースピアから卸される服が、今、王都で流行《はや》っているんです。母はそれを安く買い占《し》めたくて、ファラに近づこうとしているようで……」

ダークエルフさん達が作る服の売れ行きがいいことは聞いていたんだけど、そこまで有名になっているとは知らなかった。

この間、商人ギルドのニブリスさんが喜んでいたのはこのことだったんだな～。

それにしても。

「君のお母さんは、おかしな人みたいだね」

「本当に申し訳ないです……」

僕がため息をつきながら言うと、ギザールが首《こうべ》を垂《た》れた。

さっきから思っていたけど、やっぱり僕への対応が変だな？

「コヒナタ様に大変な迷惑を……守るものがなければ、死を選ぶのですが……」

「……」

ギザールが泣きそうになって、そんなことを言っている。なんで僕に対して、こんなに腰が低いんだ。外の世界で、僕はどんな存在になってるんだろう？

「レンレンは外じゃ、エルドレット様よりも上の人ってことになってるみたいだよ……」

「はぁ～？」

ウィンディがギザールの心を読んだみたい。王様よりも上って、それはもう神か賢者《けんじゃ》かって感じじゃないの？

「エルドレット様が決してピースピアに危害を加えないようにという法を制定されたのですが、母はそれを無視し、護衛代わりに父の兵まで勝手に連れてきたのです……」

服のためにそこまでするなんて……。

「ああ、結界の外にかなりの兵がいるな」

「兵の中には、結界に入れる人もいるみたいです」

ギザールが困り果てて話すと、ルーファスさんとイザベラちゃんがそう教えてくれた。兵の中には、いい人もいるってことか。

「なんか、めんどくさいね」

色々考えるのが面倒だな。

「むっ？　結界の外で何やら騒いでいるようだな」

リッチがそう報告してくる。何があったんだろう。

みんなで外へ出てみると、ノソリアの兵士達を誘導するニーナさんの姿が見えた。

「ぎゃ～」

「結界へ入れるものは一度中へ、入れない者は自分で自分の身を守れ！」

ノソリアの兵士達が魔物に襲われている。

面倒がっていた僕のために、ルースティナ様が差し向けてくれたのかな？

ライオンの体にペガサスの羽、尻尾は蛇《へび》のキメラに似た魔物が兵士達を追いかけている。

魔物の数は三十ほどで、かなり多い。そのあたりはちょっと気になるけど、とりあえず結界に入れる人は救っていきますか。

「あ〜！　結界に入れない！」

「た、助けてくれ〜」

「結界、入れない、助けちゃダメ？」

エリックがオドオドしながら僕を見てきた。彼は心優しい勇者だからな。

「エリックのできる範囲で、助けてあげていいよ。僕は君の主人ではないから命令はしないけどね」

「わかった！」

僕の返事を聞いてエリックは頷くと、一瞬でキメラの前まで駆け抜け、その首をぶっ飛ばした。

それからはエリックの独壇場《どくだんじょう》。逃げ惑う兵士達を追いかけるキメラは肉塊になっていき、僕らの出番はありませんでした。

流石はエリック、僕と違って勇者らしい。目の前で傷つく人を見たくないんだろうな。

「ホッホッホ、良き働きでした。私はノソリア、あなたを私の騎士にしてあげますわよ」

キメラ達を一掃《いっそう》すると、豪華《ごうか》な馬車から、装飾品を体中につけたピンクのドレスの女性が出てきた。ギザールのようなイケメンの親だけあって、目つきは悪いが美人なおばさまだ。

ノソリアは、エリックに手を差し出している。エリックに騎士の誓《ちか》いをさせるために手を差し出しているんだろうけど、エリックにそんな知識はないからな。意味がわからないだろう。

「ピカピカして眩しい……」

「……」

ノソリアの指には、びっしりと装飾品がつけられている。

エリックは、自分の目を手で覆い眩しいと繰り返す。確かに、少し離れている僕らにも輝きが届くほどのギラギラっぷりだ。

「ホホホ、遠回しに綺麗と言ってくれているのね。流石は、私の騎士様」

「ぼっ、僕、じゃなかった、私はエリック、です。私は世界樹の守り人、あなたの騎士ではないです」

険《けわ》しい顔で笑うノソリアはまだ諦めずに言うが、エリックはたどたどしいながらもハッキリと断った。

エリックは、ピースピアでワルキューレから教育を受け始めているのだ。少しずつではあるけど、受け答えできるようにしているところ。

「お母様〜、これでいい？」

「ええ、それでいいわよ。エリックはいい子ね」

ちゃんと言いつけ通りの口調で話したエリックに、ワルキューレが近づいて褒めている。

エリックの精神年齢は十歳に満たないくらいなので、ワルキューレにはちゃんとした教育をするようにお願いしている。

エリックはワルキューレをお母様と呼んでいて、ワルキューレも喜んでいるようだ。まあ、自分でお母さんと呼べって言ってたくらいだからね。

「お父様のために、日々成長するのよ」

「お父様のため、ガンバル！」

ワルキューレに頭を撫でられながら、ガッツポーズで僕を見てくるエリック。彼の身長が高いせいで、ワルキューレは浮遊して頭を撫でている。おかしな感じだけど、本当の親子みたいな温かい雰囲気が感じられる。

エリックは憧《あこが》れにも似た眼差《まなざ》しを僕に向けていて、なんだか恥ずかしい。お父様って呼ばれるのも恥ずかしい。

「あなたがコヒナタさん？」

「……はい、そうですよ」

僕に気付いたノソリアが近づいてきた。僕は結界から少し出て答える。

「そう、あなたが。ギザール、話はついたのかしら？」

「ですから母上！　もうやめてください。そんなことよりも、皆さんに助けていただいたお礼を言ってください。母上は今、死んでいてもおかしくなかったのですよ」

「何を言っているのです。貴族たるもの、平民に首《こうべ》を垂れるべからず。あなたにそう教えてきたつもりですよ」

ノソリアはギザールの忠告に顔をしかめ、叱咤《しった》し始めた。

貴族だからこそ礼を欠かさないものだと思うんだけどね。この人の話を聞く必要はないと判断して、僕はノソリアに告げる。

「結界に入れない理由がわかりました。あなたには、この街への入国を許可できません。お引き取りを」

「なんですって！　私はフレアント侯爵家の夫人ノソリアよ！」

「それはレイズエンドでの話でしょ？　ここはエルドレット様が認めた、別の国なんですよ」

僕の言葉に、憤りを露わにして声を荒らげるノソリア。

ギザールは申し訳なさそうに、ノソリアの後ろでペコペコと何度も頭を下げている。声を出さないのは、ノソリアに怒られたくないからかもしれない。

自分の親に意見は言えても、強く止めることまではできないタイプか。

「ウィンディ、お客様がお帰りみたい。送ってあげて」

「え～、私がやるの？」

「誰でもいいんだけど、まあ頼むよ」

「やだな～」

結界内に戻り、僕はウィンディに声をかけた。めんどくさそうに返事をした彼女は、弓に矢をつがえながらノソリアに近づいていく。

「私は帰らないわよ！」

「レンレ～ン、何か言ってるよ～」

「無視無視」

「わかった～」

「な、何をするつもりなの！」

ウィンディに矢を突きつけられて、ノソリアは悲鳴のような声を上げている。

これはもう、エルドレット様にハッキリと抗議《こうぎ》しておこう。

フレアント侯爵家の爵位《しゃくい》剥奪《はくだつ》も要求してみるかな。ああでもその場合、ギザールとお父さんも処罰の対象になっちゃうのか。そこはエルドレット様に判断を仰《あお》ごう。

乗ってきた豪華な馬車に、無理やり押し込められるノソリア。いまだに抗議している姿は、モンスターペアレントのようで笑える。

「な、なんて国なの！　二度と来ないわ、こんなところ！」

ウィンディが馬車の扉を閉めたところで、最後の言葉を叫んだノソリア。

もう終わったと思っての言葉だろうけど、そんなに僕らは優しくないよ。

「じゃあ！　飛んでけ〜」

「キャ〜〜〜〜〜〜〜ァァァァァァァァ…………」

ウィンディは最近、結界の守り人をしていて、色々と新しい道具を考案していた。

弓矢の先端に粘着性《ねんちゃくせい》の液体をつけて、飛ばしたいものをそのまま遠くに飛ばすこのアイテム。ウィンディの考案で、僕が作った。

ノソリアを乗せた馬車が、放物線を描いてレイズエンドのほうにぶっ飛んでいく。

まるでギャグ漫画みたいな光景だ。ノソリアの悲鳴が小さくなっていき、最後に遠くからドスンと小さな音が聞こえた。

人や建物のない場所に飛ばしたようだし、ほぼ同時にワルキューレからワールド・ウォータースプラッシュが放り込まれたので、死にはしないだろう。

ノソリアは無事なはずだとギザールに伝えると、彼はまた頭を下げてきた。

「母上がご迷惑をおかけして申し訳ない。父上にも報告して、今後のことを相談いたします」

「君はいい人になってくれたようでよかったよ」

「ありがとうございます。コヒナタ様」

「こちらからもエルドレット様に報告させてもらうけど、君とお父さんは重い罪にならないようにお願いしておくから。それでも許されなかったら、相談に乗るよ。みんなでここに来て」

「そこまで……ありがとうございます。腐っても私の母なので見捨てるわけにもいきませんが、もしもの時には頼らせていただきたいと思います。本当にすみませんでした」

ギザールはそう言って、兵士達と一緒にこの場を後にした。

「私がエルドレット様にお伝えしますから、コヒナタ様はゆっくりしていてください」

「イザベラちゃんばかりにさせられないよ。ジャーブルの街も大変だろ？」

「いえ、あちらはもうほぼ整備されています。ワルキューレさんの転移で移動時間がない分、スムーズに進みましたから」

ジャーブルの領主はまだ決まっていないけど、ルーラちゃんを交えて街が整備されていっている。

孤児院の建設は急ピッチで進められて、家のない子供達は一人もいなくなった。

お年寄りで家のない人達には、病院のような施設を作ってそこに住んでもらうことにした。定職を持たない人が多いので、軽めの配達の仕事とか、できる仕事を頼んでいる。

中には働く気力がない人もいるけど、そういう人には、まず元気になってもらえるように、聖なる聖水や雫を使った料理を振る舞っている。

僕とイザベラちゃんが話していると、ベルティナンドさんとブレラさんがやってきた。

「コホンッ、イザベラ、私達もいるのだからもっと頼ってくれ」

「お父様、お母様……」

ベルティナンドさんとブレラさんは、イザベラちゃんの肩に手を置いて優しく言う。

「そうですね。じゃあお母様は、エルドレット様にギルドを通して連絡してください」

「わかったわ」

「私は何をすればいいかな?」

「お父様は、引き続きジャーブルのほうを」

イザベラちゃんに頼まれ、ブレラさんが喜んでギルドへ向かった。

ベルティナンドさんには、今の仕事を継続《けいぞく》してお願いしたみたい。それにしても、言い方がちょっと冷たいような気が。コリンズのことは忘れて、今はピースピアのために働いてくれているんだし、もうちょっと優しくしてあげてほしいな。

寂しい背中で、歩いていくベルティナンドさん。悲しいお父さんの背中だな～。

「そんなに冷たくしなくてもいいんじゃ？」

「……私もそろそろ、態度を変えてもいいと思うんですけど。ふふ、反抗期ですかね？」

お父さんなんか嫌いって時期には、まだ早いと思うんだけど。転生者だからかな。

第十二話　ようやくのハネムーン？

ピースピアは、今日も平和だ。

ダークエルフの長《おさ》ボクスさんなんて、憧れの隠居生活中で、少し離れたところの川で釣りを楽しんでいるよ。羨ましいったらないね。

「よし、僕もそろそろ隠居して旅に出よう！」

そうと決まれば、早速準備だ。僕は、ある計画を実行することにした。

この間、強烈《きょうれつ》な母親とともに訪れたギザールを見て、ファラさんは自身の過去に決着をつけたそうだ。許せるわけではないけど、もう囚われずに生きると言っていた。

そんなファラさんと、したいことがある。それは――。

「レン～、準備できたよ」

「よーし、じゃあ行こうか」

屋敷の自室で、旅の荷物をアイテムボックスに詰め込んでいた僕とファラさん。

そう、したかったのはファラさんとの二人旅。実質ハネムーンです。

「私も行きたい～」

「はいはい」

階段を下りていくと、リビングでみんなが待っていた。ウィンディがファラさんに抱きつき、ファラさんは頭を撫でながら宥めている。

今回はみんな納得して送り出してくれる。

ウィンディは不満げだけど、クリアクリスですら納得しているので仕方ないといった様子だ。とはいえ、クリアクリスを納得させるのは大変だったよ。新しい装備と、遊び相手としてエリックをあてがってなんとかなりました。

「レン……」

エレナさんが俯いて、僕の胸に顔をうずめる。

「どうしたんですか、エレナさん」

「帰ってきてよ……。それまでに私も、魔法鍛冶士になって、役に立つから……」

エレナさんは、エルフの国エヴルガルドでエルフに鍛冶を教えながら、自身も魔法鍛冶の修業《しゅぎょう》をしている。ドワーフじゃない人族が魔法鍛冶士になるにはかなりの訓練が必要みたいで、エレナさんは休まず頑張っていた。それも、僕の横に立つためみたいなんだよね。

「今生《こんじょう》の別れってわけじゃないから……」

「うん……」

涙ぐんだエレナさんは、僕を見てから目を瞑った。これは……。

「レン、してあげて」

「あ、うん……」

ファラさんを見ると、小声でそう言ってきた。ファラさんとしては複雑な気持ちのはずなのに、優しい彼女に、またも僕は惚れてしまうよ。

「ありがと……、これでまた頑張れる」

みんなの見ている前でのキスは、大変恥ずかしかった。だけど、エレナさんを少しでも元気づけることができたんだったら嬉しいな。

「レンレン、私には？」

「はいはい、投げキッス」

「冷たい！　我慢してるんだからサービスしてよ～」

ウィンディには投げキッスを送って、僕らは屋敷の外へ。

「レン、今回はどこに向かうつもりなんだ？」

ルーファスさんが聞いてくる。

「う～ん。寒いところには行ったから、南に行ってみようかな」

ジャーブルとかララの街は、雪まじりで寒かった。雪とレンガのコントラストも綺麗でいいんだけど、やっぱり南の島にある街も見てみたいよね～。

「どこも同じように壁に囲まれているからな。あんまり目新しさはないと思うが」

この世界には魔物が多いから、街の外周には必ず壁があるんだ。

ルーファスさんの言葉に頷いていると、イザベラちゃんが気を取り直すように言った。

「でも、南ってことは海がありますね」

そうだ、この世界に来てからまだ海を見ていないから、早く見たいな～。

海の魔物と海中で戦ったり、沈没船《ちんぼっせん》を探索したり、う～ん夢が広がる。

僕とファラさんは馬車に乗り込んで、みんなと別れの言葉を交わした。

「レンとのハネムーンを楽しんでくるよ」

「いいな～」

「私も一緒に行きたいです」

ファラさんの言葉に、ウィンディとイザベラちゃんがそう漏らした。

さっきのエレナさんといい、みんな涙ぐんでいるけど、今生の別れじゃないからね。

帰ってくるからね。わかってるのかな？

「コヒナタさん、何かあった場合はすぐに枝に話しかけてください！　待っています」

「その時はすぐに行くからね、お兄ちゃん！」

　馬車が走り出すと、クリアクリスとワルキューレが並走してそう叫んできた。並走というより、馬車より前を走っちゃってるので、危ないんだけども。

「何かあれば、そっちも連絡してきていいからね。あんまり自分達だけでやろうと思わないように」

「はい！　明日にでもご連絡します」

「それは流石に……」

「ふふ、冗談《じょうだん》ですよ」

　ワルキューレが僕をからかうように言ってきた。流石に初日でピースピアに戻されるなんて、ハネムーンがぶち壊しだからね。

　門をくぐる時、整列して見送ってくれたピースピアの他の住民達にも挨拶をする。

「じゃあみんな、ピースピアをお願いね～」

「「はい！　行ってらっしゃいませ。コヒナタ神様《シン》!!」」

「えっ？　今なんて～～？」

　みんなも言葉をかけてくれて、コヒナタまでは聞こえたんだけど、その後が聞き取れなかった。僕が大きな声で聞き返すと、みんな笑うだけで何も言ってくれませんでした。

「ふふふ……」

「ファラ～。みんなは何て言ってたの？」

ファラさんに尋ねてみても、含み笑いをするだけで教えてくれなかった。そして誤魔化すように外を指差す。

「帰ってきたらわかるよ。それよりも、ほら」

「えっ？　あ～、ここら辺にも雪が来たか～」

空から、雪がユラユラと落ちてきていた。

「綺麗……」

「ファラ、改めて。僕と結婚してください！」

「はい！」

僕とファラさんのハネムーン。

このハネムーンは、何者にも邪魔はさせないよ。

とにかく、僕はファラさんを幸せにして、もちろん、僕も幸せになるぞ～。

僕がこんなに人を愛することになるとはね。いつの間にかファラさんに心を盗《ぬす》まれていたんだな。


僕とファラさんは、まずはエリンレイズに寄ることにした。

【ドリアードの揺《ゆ》り籠《かご》亭】のハインツさんとファンナちゃん、それにリージュに挨拶してきた。

商人ギルドのビリーは忙しそうだったので、やめておいた。もみくちゃにされそうだったしね。コリンズにも、当然会いに行かなかったよ。会っても何も良いことはないと思ったし。まあ、そこはクルーエル伯爵《はくしゃく》様に一任しているので大丈夫でしょ。

続いてテリアエリンにも寄る。ここには、エリンレイズよりも長居させてもらった。

この世界で初めて来た場所だし、初めて会ったこの世界の人達だから、積もる話もある。【龍の寝床亭】に泊まらせてもらって、ネネさんとルルちゃんには長話に付き合ってもらいました。

ギルドに行ってファラさんと一緒に二人の出会いを思い出しながら、久しぶりに掃除の依頼を受けたり、ガッツさんの鍛冶屋【龍剣】の煙突《えんとつ》掃除もやらせてもらったりした。

ガッツさんには「エレナはいないのか？」と睨みを利かせながら言われてしまったけど、彼女は自分を磨《みが》くために残りましたと言っておいた。

エレナさんとのキスを思い出して顔が赤くなった僕を見たガッツさんは、にやけていたけどね。何かを感じ取られてしまったのかもしれない。

そうしてお世話になった二つの街を経て、僕達は今、南へと進んでいる。

ピースピアを出てから、すでにかなりの長旅をしていることになるけど、まだまだ行きますよ。

「レン、見て」

「わぁ～、綺麗な湖」

馬車で街道を進んでいると、森があった。その森の中に湖が見える。妙に澄《す》んでいるこの湖は、多分だけど、ワルキューレのワールド・ウォータースプラッシュでできたんだろうな。

「せっかくだから休憩していこうか」

「ああ。そうだね……」

僕の提案に、頬を赤くして同意するファラさん。どうしたんだろう？　熱でもあるのかな？

「ファラ、顔が赤いよ？　どうしたの？」

「え⁉　ううん、なんでもないよ」

「いや、でも」

「なんでもないって。ほら、休憩するんだろう？」

指摘すると、ファラさんはさらに顔を赤くする。

彼女に背中を押されて馬車から出ると、ファラさんはそのまま僕の背中に抱きついてきた。

「えっと、すぐに家を建てるから。二人用の小さいものでいいよね」

「そうだね……」

僕の言葉に、ファラさんが耳元で囁くように返事をする。優しい声にドキドキしていると、彼女が離れていく。

「少し準備するから」

「え？　準備？」

ファラさんはそう言って馬車の後ろに乗り込み、窓についた幕を閉じた。準備って何だろう？

色々と疑問が浮かぶ中、ちゃっちゃと小屋を作っていく。中は十畳ほどで、腰くらいの高さのチェストとベッドを置き、あとは二人がけのテーブルと椅子。うん、完璧。

完成して思わずベッドにダイブ。マイルドシープのふかふかの毛皮で作った布団、あ～最高。

「ふふ、相変わらず早いね」

「あっ、ファラ、待ってたよ。ど、どうしたのその姿は⁉」

振り向くと、小屋の入口で恥ずかしそうに立つファラさんの姿があった。なんで恥ずかしそうなのかというと、まるでニーナさん達ダークエルフのような格好をしているのだ。

とても露出《ろしゅつ》の多い、下着姿……。

「じゅ、準備ってこのことだったの？」

「う、うん。ど、どうかな？」

「ど、どうって……もちろん、凄く似合ってるよ」

ニーナさん達のような褐色《かっしょく》の肌もいいけれど、ファラさんのような純白《じゅんぱく》の肌も最高です。

「よかった。みんなに薦《すす》められて持ってきたんだ……」

ははは、みんな何を薦めてるんだか。でも、グッジョブと伝えたい。

「少し寒いから、窓は閉めるね……」

ファラさんが湖の見える窓を閉めていく。カーテンもついているのでそれも閉めると、小屋の中が薄暗くなった。

「明かりをつけようか」

「ううん。そのまま……あなたに見てほしかったけど、これ以上は恥ずかしいかな」

「ファ、ファラ……」

抱きついてきて囁くファラさん。抱きついた彼女の顔がうっすら見えるくらいの、外からの光。

僕達は、見つめ合って二人でベッドに横たわる。うん、ハネムーンっぽくなってきた。

綺麗な湖を満喫し、僕達は再び馬車に乗り込んだ。

しばらく進んでいくと、大きな港街と水平線が見える。それに、魔物が馬車を襲っているようだ。

「レン！」

「わかってる。みんな〜、出番だぞ〜」

僕は従魔達を召喚して、馬車を襲っていた魔物達を撃退《げきたい》。従魔達は多すぎるので紹介は省《はぶ》きますが、ゴブリン君とオーク君は楽しそうに魔物と戦っていましたよ。

襲われていた馬車は、荷台にお肉や動物の皮などを積んでいる。どうやら商人さんのようだ。

「では、僕らは先に行きますね」

「ありがとうございました」

商人さんはお礼に色々と品物をくれようとしたけど、断っておいたよ。

ハネムーンなのでって言ったら納得してくれて、代わりに真っ赤なバラを二本もらいました。

商人さんはにっこりと笑って「二本のバラの花言葉は永遠の二人です」と言っていた。

この世界にも、花言葉があるんだな。元の世界と同じ意味なのかな、それとも違う意味なのかな。

この世界の花はとても貴重で高いはずなんだけど、商人さんは「お似合いの二人の手に渡って、私も花も嬉しいです」と言ってくれたよ。なんて気持ちのいい人なんだろう。

商人さんと別れて再び移動しようと準備を始めると、ファラさんが小声で話しかけてきた。

「あの商人は流れの商人だね」

「流れ？」

「ああ。商人ギルドに入らずに、その場その場で商売をする人達」

「それって大丈夫なの？」

「よっぽど腕がないとできない仕事だね。彼はそれだけの仕事ができるってことなんだろう」

「へ～」

冒険者ギルドに勤《つと》めていたファラさんは、この世界に詳しい。流れの商人なんているんだな～。

「どうして気付いたの？」

「商人の馬車の、あの御者台《ぎょしゃ》の下。ほら、馬と馬の間に紋章があるのが見えるでしょ。あれは流れの商人の証《あかし》なんだ」

少し離れたところの馬車をチラリと見てみると、確かにファラさんの言うような紋章が見える。

「流石は港街ストス。色んな商人が出入りしてる」

「ファラは、この街に来たことがあるの？」

「いや。私はほとんど他の街に行ったことがないんだ」

「そうか、じゃあ僕と一緒だね。これから二人でたくさんの街に行こうね」

「ああ！」

そんな話をしながら、僕らはイチャイチャ。

でも、ファラさんも行ったことのある場所はほとんどないんだな〜、それで有名になったって凄いことだよな〜。今度、武勇伝を聞いてみたいな。

僕達は、馬車を進めて街へ入るための順番待ちの列に並んだ。ざっと二十台ほどの馬車が並んでいるので、ちょっと時間がかかりそう。

お日様が真上にある頃に港街ストスの前に着いたのに、やっと中に入った時には、もう夕日になっていました。

「やっと入れたね」

「ほんと、やっと入れた」

僕らの入ってきた門が街の唯一の出入り口で、城壁は五百メートルほどの長さだ。その壁に沿って屋台がずらっと並んでいて、夕飯を買いに来ているのか、奥様方が井戸端会議《いどばた》のようにお話をしながら買い物していた。

「僕らも何か買って宿屋に行こうか」

「そうだね。馬車はすぐそこに預けられるみたいだし」

門を入ってすぐの厩《うまや》に馬を預けて、早速屋台で晩ご飯の買い出しだ。

「美味しそう。久しぶりのお魚料理」

二人でそんな話をしていると、突然、大きな声がした。

「このクソガキども！　また来やがったな！」

「へへ〜ん、捕まえられるものなら捕まえてみやがれ〜」

屋台のおじさんが猫耳の少年少女を追いかけているのが見えた。察するに、孤児の子供達が屋台の魚を盗んだのだろう。

それにしても、人間が暮らすこの街にも獣人がいて驚いた。

ララの街の獣人は人間を警戒していたけど、この街の獣人はどうなのかな。

「レン、見ていられないね」

「そうだね。子供達を助けようか」

僕らはアイテムボックスに屋台で買ったものをしまって、子供達とおじさんの去っていった方向へと走っていく。しばらく走っていると、猫の獣人の女の子を摘まみ上げているおじさんを見つけた。

「はぁはぁ、やっと捕まえた！」

おじさんは、息を切らしながらも追いついたみたいだ。

「うにゃにゃ〜、放せ〜」

首根っこを掴まれて宙吊《ちゅうづ》り状態の猫獣人が手足をバタバタさせてる。

「仲間の小僧達はどこだ！」

「知らないにゃ！　知ってても教えないにゃ！」

「いい度胸《どきょう》だ！　ちょっと痛い目にでも遭ってもらうか」

おじさんが女の子に握り拳を見せつける。女の子は目をまん丸くして、自分の尻尾を掴んだ。目には涙が浮かんでいて、今にも泣き出してしまいそうだ。本当に見ていられないな。

「おじさん、お金は僕が払うから許してあげてくれないかな？」

僕はおじさんに近づいてそう声をかけた。

「あっ？　なんだよあんたら、こいつらの知り合いか？」

「知り合いではないよ。ただ、人のものに手を出すのは悪いことだけど、この子達はそうしないと生きられないってことでしょ」

「だから、助けるってか？　お人好《ひとよ》しの冒険者様かい？　まあ、いいか、俺は金さえもらえれば構わねえよ。だが、払えるのか？　金貨五枚だぞ」

「五枚ね。はい」

「お、おう……」

おじさんの提示してきた金額を払うと、おじさんは呆気にとられた顔をしつつも、女の子から手を離した。結構な額だけど、今まで盗まれた分も入っているのかもしれない。ここは素直に払っておこう。

「馬鹿親父！　べ～っだ～」

「この野郎、この人にお礼くらい言え。まったく……」

女の子はおじさんにアッカンベーをして、走っていってしまった。おじさんは握り拳を掲げて怒っていた。僕のために怒ってくれた部分もあるので、悪い人ではないのかな。

「坊主《ぼうず》、あんまりあいつらに甘い顔すると、いいように使われるぞ」

おじさんはそう忠告して、元来た道を戻っていった。

僕は辺りを見回しながら、少し大きな声で呼びかける。

「もう出てきて大丈夫だぞ」

「……あんた何者だよ。なんで気付いたんだ」

人気《ひとけ》のないところで女の子は捕まっていた。ちょっと違和感を覚えて神経を研《と》ぎ澄ましてみたら、気配がしたんだよね。

僕の声に応えて、獣人の子供達が出てきた。リーダーっぽい熊耳の子が、僕に睨みを利かせながら尋ねてくる。

「僕らは旅人だよ。君達が困っているようだったから助けたんだけど、迷惑だったかな？」

「はんっ、金持ちの道楽かよ。それで、俺達をどうしたいんだ？」

確かに、僕はこの子らをどうしたいんだろう？　逆にこの子達はどうしたいかな？

「君はどうしたい？」

「はっ？　どうしたいって……し、知らねえよ」

「そうか～、じゃあみんなは？　どうしたい？　これからどうなりたい？　なんでも叶えてあげるよ」

リーダーの子が口ごもってしまったので、僕は周りの子供達に質問した。子供達はみんなでコソコソと話し合っている。

「私、パン屋さんになりたい」

「俺は鍛冶屋～」

「俺は船に乗りたいな～。船に乗って魚を毎日食べるんだ～」

子供達は一人ひとり夢を語った。その様子に、リーダーの子は驚いている。みんなにやりたいことがあることを、初めて知ったのかもしれない。

「お前達、騙《だま》されるな。人族に騙されたのを忘れたのか！」

リーダーの子供が地面を踏みしめて叫んだ。人族と何かあったのかな？

「あのデブ男《お》にリーリーが攫《さら》われそうになっただろ！」

「そうだった〜」

「忘れてた〜……」

獣人の子供達は、リーダーの言葉で再び僕らへの警戒心を強めた。デブ男ってまさか？

「そのデブ男って……まさかブザクっていう名前じゃないよね？」

「ほら見ろ！　こいつはあのデブ野郎を知っているんだ。仲間だぞ」

やっぱり、ブザクみたいだ。ということは、エリンレイズを通るずっと前ってことか。

北にしか行ってないとばかり思ってたのに、南にも来てたんだね。

「そいつはこの間、死んだよ。僕らの仲間が倒したんだ」

「嘘だ！　人族なんか信じられねえ」

頑《かたく》なに僕の言うことを信じない子供達。どうしたものか。

グギュルルル〜。

子供達をどうしたら救えるか考えていると、不意に大きな音が聞こえてきた。

「ルギュ〜、お腹すいたよ〜」

「さっきの野菜をおくれよ〜」

リーダーの子供はルギュというらしい。大きな音はお腹の音で、子供達は食べ物を求めてルギュの体を揺さぶっている。

「そんなこと言っても、今日は収穫がなかった……」

「じゃあ、僕らの出番だね。ほら～、お食べ」

「わ～」

「何これ～、美味しそ～」

アイテムボックスを持っていることを隠すため、アイテムバッグに見せかけて持っていたバッグから食べ物を取り出すと、子供達は涎《よだれ》を垂らして見つめてくる。

僕が食べていいと言っても、子供達は手に取らずに今度はルギュを見つめている。

「グヌヌヌ……、食べてよし!!」

「わ～い」

ルギュは目をまん丸くして僕を見ていたけど、子供達にねだられてやっと許可を出した。と同時に、机に置かれた食べ物を子供達がかき込んでいく。地面に食べ物を置くわけにもいかないので、机を取り出したんだ。作っておいてよかった日用品。

ルギュが僕をじっと見ていたのは、バッグから机も出てきたからかもな。

子供達は美味しそうに頬を押さえて、食べ物をかき込んでは呑み込み、またかき込んでいった。

「美味し～、ゴホゴホ！」

「ほらほら、そんなに急いで食べるからだよ」

咳《せ》き込んでいるのは、ブザクに攫われそうになったという子だ。確かリーリーと呼ばれていた。

ファラさんが背中をさすってあげながら言うと、ルギュがリーリーの容態《ようだい》を話した。

「違うよ、そいつは肺の病気なんだ。昔から体が弱かったのに、泥棒《どろぼう》みたいなことをさせるしかない。ほんと嫌になるよな」

「ルギュ、泣かないで。リーリー強くなるから……」

「ばっ！　泣いてねえよ」

ルギュはポケットから帽子を取り出して目深《まぶか》に被った。涙を見せないために被った帽子だけど、リーリーにはまるわかりのようで抱きつかれている。

「君は小さいけど、とても大きな子だね」

「馬鹿にしてんのか！」

「違うよ。尊敬《そんけい》してるのさ」

僕はルギュに言いながら彼の頭を撫でた。そして、リーリーに雫を渡す。

「さあリーリー、これを飲んで」

「これは～？」

「君の病気に効く薬だよ。すぐに良くなって、リーリーのなりたいものになれるようになるよ」

「ほんと～！」

「本当だよ」

　僕の言葉を聞いて、輝く瞳で見つめてくるリーリー。その瞳を雫の入ったコップに移すと、一気に飲み干した。

「医者に見せたら絶対に治らないって言われたんだ。水なんかで……」

　ルギュはリーリーを医者に見せていたんだね。でも、僕らの雫は医者じゃ治せないものも治せてしまうんだ。

「美味し～、このお水美味しいね～」

「そうだね。美味しいね」

　まるで聖母のようなファラさん。リーリーを抱き寄せると、強く抱きしめて頭を撫でてあげていた。

「お母さんってこんな香りがするのかな？」

「ふふ、そうかもね。私のお母様もいい匂いがしたな～」

「お姉ちゃんのお母さんはどこにいるの？」

「もういないんだ。死んでしまった」

「そっか～、じゃあ、私達と一緒だね」

リーリーが言うと、子供達は俯いた。この子達の親は死んでしまっているのか。やっぱり、このまま放っておくことはできないな。

「リーリー、眠くなっちゃった……」

「じゃあ、ちょっと眠りなさい。起きたら凄いことが起きているからね」

「うん……お母さん」

リーリーはファラさんに抱き上げられると、そのまま眠ってしまった。それを見ていた子供達は数人が指を咥えて羨ましそうに見つめ、数人が涙を浮かべていた。

「さて、これから、幸せになろうか」

「えっ？」

僕はみんなにそう言った。僕の言葉を聞いて、ルギュが驚いているよ。本当に何かしてくれるとは思っていなかったんだろうな。

とりあえず、家だ。雨風を凌ぐための家が欲しいね。

「ファラ、行ってくるね」

「行ってらっしゃい、レン」

ファラさんに軽いキスをして、僕はルギュを連れて歩き出す。

宿屋を探すつもりだったけど、子供達の住居を建てるための場所を探すことにした。場所さえあれば一瞬で作れるからね。ルギュならこの辺りに詳しいんじゃないかと思って、彼にはついてきてもらったんだ。

「まずは君達の家を作ろう。そのための土地を探すよ」

「家？　ほ、本当に家を作ってくれるのか？」

「ああ、人族を信じられないのもわかるけど、僕らのことは信じてほしいな。家を作るのにどこかいい場所を知らない？」

「じゃ、じゃあ、あそこはどうかな？」

ルギュが指差す方向には、海を見渡すことができる小高い丘があった。まるで灯台のような立地だけど、灯台は反対側にあるので関係はなさそうだな。

「ここら辺の土地を持ってる人はわかる？」

「わからないよ。商人に聞けばわかるかも……」

ルギュはこの街に長くいるようだけど、孤児で子供だ。そういった大人の情報は知らないみたい。

「じゃあ、さっきのおじさんのところに行こう。ついでに謝っておこうな」

「え～……」

「え～、じゃないの。これからこの街で暮らして、大きくなっていくんだから。おじさん達にも指導してもらわないと」

子供は未来だ。この街の子供は、ちゃんとこの街の大人が育てないとダメだよな。ああいったおじさんに頼むのが一番だ。ちゃんと話せばいい人そうだったしね。

「さっきはどうも」

「おお、さっきの……そっちのは」

「よ、よ～……」

僕が挨拶をすると、おじさんは怪訝《けげん》そうな顔でルギュを見た。ルギュはなんとか平気な顔をしようとしているけど、態度がおかしい。

「何が、よ～……だよ。まったく、悪ガキが……」

「なんだよ。そんなにあるんだから、一個や二個もらったっていいじゃねえか」

「商品ってのはな、一個なくなったら何個も売らないと利益が出ないんだ。わかるか？」

商人のおじさんが腕を組んで説明している。確かに一個の損失《そんしつ》を埋めるには、数個の商品を売らないと益にならないんだよな。テレビで万引きGメンが言っていたよ。

「フンスッ。それでどうしたんだ。あんちゃん」

「ああ。ほら、ルギュ」

「う～……。今までごめんなさい。もう二度といたしません」

僕が教えた通り、ルギュには仲間を代表して謝らせた。こういうことは小さいうちに済ませておかないと、わだかまりが残るからね。

「……あんちゃん、どういうことだ？」

「おじさん、こんな小さな子が謝ってるんだから。ちゃんと聞いてあげてよ」

「お、おう、すまねえ」

なんの冗談だと言わんばかりに、首を傾げていたおじさん。僕はおじさんを諭《さと》して、謝罪を受け取らせた。

「い、いいってことよ。あんちゃんには賠償《ばいしょう》も含めた金額をもらったしな」

「え？」

おじさんが言った言葉を聞いて、ルギュは驚いた顔でおじさんと僕を交互に見る。そういえばあの時、ルギュは隠れてたんだっけ。

「あ、言ってなかったね。今回ルギュ達が盗んだものの代金を払っておいたんだよ」

そう言うと、ルギュが俯いてしまった。

「……がと……」

「えっ、なんて？」

「ありがとって言ったんだよ！」

「ははは、喜んでくれてよかったよ」

ルギュは顔を真っ赤にしてお礼を言ってきた。強がっていても、やっぱり子供だな。

「それでっと。おじさん、ここら辺の土地を持っている人が誰か知ってますか？　あの丘の土地を買いたいんですけど」

「あの丘を？　あそこは地盤《じばん》が緩いから、建物を建てるのは禁止されていたはずだけどな」

なるほど。別荘とかそういったものを建てるには最高の土地に見えるのに、なんで建物がないのかと思っていたけど、そういう理由か。まあ地盤が弱ければ、強くしてしまえばいいのさ。

「それでも大丈夫です」

「そうか？　この辺の土地は、ゴリアテが仕切ってるはずだ。ほら、あの大きな帆船《はんせん》に住んでるぞ」

おじさんが指差す方向には港の船着き場があって、そこにひと際《きわ》大きな帆船が見える。他の大砲のある船の二倍はありそうだ。

この街の地主は、あの船に住んでいるようです。船酔《ふなよ》いしないのかな？

「気性《きしょう》が荒いから気を付けろよ」

どうやら、粗暴《そぼう》な方のようです。

「じゃあ、ありがとうございました」

「おっちゃんありがと～、今までごめんな」

「おう、今度はちゃんと買いに来いよ～」

ルギュと並んで船着き場に向かう。おじさんだけでなく周りの人達も、満面の笑みで僕らに手を振って見送ってくれたよ。実はみんな、この子達を見守っていたのかもしれないな。

「ん？　ゴリアテの旦那《だんな》に何か用か？」

ゴリアテという地主の船の前に着くと、甲板《かんぱん》へ渡る橋の前に軽鎧の青年が立っている。護衛みたいな人かな？　まだ十代くらいに見える。

「土地を買いたいんだけど、ゴリアテさんはいらっしゃいますか？」

「なっ！　俺より年下なのに土地を買いに来たのか？」

青年が驚いています。いやいや、僕は二十歳だから、あなたよりは年上でしょう？

「ちなみにあなたの年齢は？」

「俺は十八だ。冒険者ランクはＣだ」

……やっぱり、僕のほうが年上だよ。なんだか悲しくなってくる。

「あんたは？」

「僕は二十歳だよ……」

「ええっ！」

青年はすっごい驚いている。さっき土地を買うと言った時よりものけぞっているよ。

僕だってわかってるさ……身長も低いし童顔《どうがん》だし……自分で言っていて、なんだか悲しい。

「レン～、そんなことよりも」

「ルギュ、そんなことって……まあいいか。それでゴリアテさんは？」

「ん？　ああ、そうだったな。旦那に聞いてくる、待っていてくれ」

青年は船へと渡っていった。甲板のほうには、冒険者っぽいおじさんが立っている。その人の横を通って船の中へと入っていった。舵《かじ》の下にある部屋だ。船長室かな。

「あんたが土地を買うって？」

しばらくすると、明らかに海賊といった風貌《ふうぼう》のおじさんがさっきの青年と一緒に現れた。葉巻《はまき》が凄く似合っています。

「ゴホゴホ、そ、そうです」

葉巻の煙が激しい。咳き込みながらなんとか言葉を吐き出す。

「おっさん、煙《けむ》いよ」

「おっとすまんな。ガキにはきつかったか」

おじさんは咳き込む僕とルギュを見て、葉巻の火を消した。

「俺がゴリアテだ、どこいらの土地が欲しいんだ？」

「あそこです」

僕は海沿いの丘を指差す。横から見ると本当に見事な丘で、緩やかな滑《すべ》り台みたいだ。

「海龍《かいりゅう》の丘か」

「海龍の丘？」

「ああ、あそこは俺の爺《じい》さんから受け継いだ土地なんだ。なんでも海龍が生贄《いけにえ》を求めてやってきたって言い伝えがあって、そっから名づけられたんだとよ。建物を建てるのはおすすめしないぜ」

「地盤が緩いとか？」

「ん？　知ってるのか？　それなのに欲しがるってことは、海龍のほうが目的か？」

ゴリアテさんは、顎に手を当てて話し始める。どうやら、ただの土地ではないみたい。

「海龍が生贄を求めたって言い伝えを信じているんだろ？　あそこに人が来ると海が荒れて、海龍が現れるとかいうな」

ゴリアテさんが説明してくれる。

「そういうわけじゃないんですよ。孤児院を作りたいので、適当な土地が欲しかっただけです」

「ん？　そうなのか？　確かに建物を建てられる土地はこの辺にはもうないな。孤児院ってことは相当大きなものになるだろう？　大丈夫か？」

「ご心配ありがとうございます。でも、大丈夫です」

「そうか？　まあ、あの土地は使い道がなかったからな。いくらがいい？」

「えっ？」

「正直、いらない土地だったんだよ。畑にできるわけでもねえし、建物も建てられねえ。そんな土地、持っているだけで邪魔だ。言い値で売るよ。孤児達のためになるしな」

ゴリアテさんはそう言って、ルギュに微笑んだ。海賊顔だから怖い。ルギュは僕の陰に隠れてしまったよ。

「ははは、俺の顔は怖《こえ》えだろ」

「すみません」

「いや、いいんだ。子供が俺の顔を見て怖がる姿は好きだからな。大人と違って嫌悪《けんお》の顔じゃねえ。純粋《じゅんすい》な恐怖の顔だからな」

ゴリアテさんはそう言って、僕にも微笑んだ。

子供は良くも悪くも純粋だから。嫌悪しているのに作り笑いする大人と違って、子供は普通に怖がってくれる。この人は顔に似合わず優しくていい人っぽいな。

「じゃあ白金貨十枚で」

「はっ？」

「え？　だから白金貨十枚ですよ」

「……」

ゴリアテさんは、火をつけようとしていた葉巻を落として驚いた。青年も、なぜかたたらを踏んでいます。そんなに驚くことなのかな？

「おいおい、なんにも使えない土地だって言ったのに、そんな大金出すか？」

ゴリアテさんは呆れたように、そう言った。

使えないと言っても丘全部だから、それなりにすると思ったんだけどな。

「土地の相場を知りませんし、結構な広さだからそのくらいかなと」

「確かに相場を見ると、そのくらいはするかもしれねえが、利用価値がないからな。それなりに安くなっちまうよ。そうだな……白金貨一枚ってところか？」

そんなに安くなるのか～。十分の一になっちゃうなんて、そんなに利用価値がない土地なのか。

「じゃあ、はい。白金貨一枚ね」

「あ、ああ」

白金貨を一枚ポンと出すと、ゴリアテさんは唖然として羊皮紙《ようひし》を一枚渡してきた。土地の権利書みたいだね。

そういえば、土地とか初めて買ったよ。元の世界では、権利書なんて見たこともなかったしな～。

「何か困ったことがあったら言ってくれ。そっちのガキもな」

ゴリアテさんはそう言って、ルギュにも手を振る。海賊みたいな見た目だけど、本当にいい人だな。

僕らは彼に見送られながら、船着き場を後にした。

僕とルギュは土地を無事手に入れて、ファラさん達の元に戻ってきた。子供達は、みんなファラさんに寄り添って眠ってる。女神かな？

「お帰り、レン」

「はは、動けそうにないね」

「ふふ、そうだね」

僕はとりあえず、タオルケットのような布をみんなにかけていく。

それから、孤児院の建設に向かうことにした。

「みんなずるいよ。俺だって……」

「ルギュも、ここで待つかい？」

「ん……俺はみんなの兄貴だから……我慢する」

子供達を見て、ルギュもファラさんに甘えたいみたいだ。でも、我慢して僕についてきてくれる。

可愛すぎるので、たまらずルギュの頭をなでなで。耳をピクピクさせて、ルギュは顔を真っ赤にしたよ。まったく、子供のくせにお兄ちゃんぶっちゃって。

「よし、早く家を作るぞ」

「えっ？　レンが作るの？　大工とかに頼むんじゃ？」

僕の言葉に、ルギュが首を傾げてる。そんな姿も可愛いな。子供って本当に純粋だ。

「じゃあ、ファラはここで待ってて」

「ああ。頼んだよ、レン」

ファラさんは動けないようなので、マイルドシープとワイルドシープのコンビ、ポイズンスパイダーを召喚しておく。何か困ったことがあったら、この子達に頼めば大丈夫だろう。


ではでは、僕とルギュは手に入れた丘へ。

「は～、いい景色だ。最高の立地だよ」

こんなところに家を建てることができるなんて、大工冥利《みょうり》に尽きるな～。って僕は鍛冶士だけどね。

「本当に自分で作るの？」

「ん？　そうだよ」

「大丈夫かな……」

ルギュは心配そうに僕を見てきた。確かに、普通に考えたら自分で建物を建てるなんて考えられないよな～。

「僕は自分の街の建物も建ててるから、大丈夫。大工としては日は浅いけどね」

「えっ？　自分の街？」

ルギュは驚いて声を上げた。彼には、教えてもいいかな。

「僕らはピースピアから来たんだ。あの街は僕らが作ったんだ」

「えっ！　ピースピア！　あの新しい国の？」

ルギュも知ってるみたいだね。

「だから大丈夫、安心して見てて」

「う、うん……」

半信半疑《はんしんはんぎ》なルギュだったけど、頭を撫でてあげると顔を赤くして頷いた。

さて、まずは地盤からだな。

「街の人に見られないように、海側から」

丘の端まで移動し、海側にせり出したところから下を覗き込む。

「落ちそうで怖いな。空を飛べる従魔は、ドラゴンと物質系の従魔達か。物質系は潮風《しおかぜ》にあたるとかわいそうだけど、ドラゴンは目立つしな～」

「こっちに、下へ行ける階段があるよ～」

色々考えていると、ルギュが指差した。そこには簡易的《かんいてき》な階段のようなものが作られていて、海側に下りられるようになっていた。

「人がいないにしては、整備されてる感じだな～」

木や枝などで作られた、素朴な階段を下っていく。田舎《いなか》道にある感じの造りだ。

「うひ～、風が凄いな。こりゃ、海側から地盤を支えるような柱を建てないとダメかも」

丘の側面は、えぐられたようになっている。地盤もそうだけど、ここもしっかり補強しないとね。

「よし、じゃあ、掘っていきますか」

「掘る？」

海側の波打ち際《ぎわ》まで下りてきて、僕はスコップを取り出す。ハイミスリルで作ったスコップだ。ピースピアのお堀を作ったものだね。

「ルギュもやるかい？」

「ええ、こんな硬そうな壁、掘れないよ」

ルギュにもスコップを渡すが、ルギュは首を傾げてる。確かに、こんな硬い岩のようなところは掘れないと思うよね。

「柱を埋め込んでっと、ホイホイ！」

「ええ～」

掘る予定のエリアに、適当な間隔《かんかく》で柱を建てていく。流石に、丘が崩れると困るからね。

それから早速掘り始めると、一瞬で一メートルほど掘ったことにルギュが驚きの声を上げた。

新鮮な驚きをありがとう。

「ふむふむ、それほど脆《もろ》くはないと思うけどな」

斜《なな》め下方向へ掘っているんだけど、そこまで脆い土ではなかった。上に建物を建てても大丈夫じゃないかな。海側にはベンチとかを設置して、建物はもうちょっと陸側にするのはどうだろう。

「それでも心配だから、魔鉱石の柱を百本ほど埋め込むけどね」

クリアクリスの両親、グリードさんとビスチャさんが張り切って作りまくった魔鉱石。僕が持っているものだけでも、相当な量だ。

その魔鉱石を使って、僕は丘の地盤を補強するための柱を大量に作り出していった。

『ゴブ！』

『ブヒ！』

オークとゴブリンも呼んで、手伝ってもらう。

「立てたよ」

「了解」

ルギュにも、ＳＴＲアップの手甲《てっこう》を渡して手伝ってもらった。等間隔《とうかんかく》に魔鉱石の柱を配置してもらって、流れ作業です。

「コネコネっと、コネコネっと」

そうして丘の内部に大量の柱を立てて、補強していった。

「よし。あとはこの空間も、魔鉱石を使った部屋にして、上を支えよう」

ついでに、この部屋から丘へ繋がる階段も作った。

「う～ん、なんだか岩盤浴《がんばんよく》の部屋みたいだな～」

もしくは、昔の拷問部屋みたい。無骨《ぶこつ》さが凄い。

いっそのことサウナにしちゃうかな。孤児院の前に収入源ができるかも。あとでゴリアテさんを呼んで宣伝でもしてもらうか。

「海の水をうまく利用すれば、水風呂もできるかも。最高の収入源だ」

出来立ての部屋を見て、胸を張る。ついでにお風呂も作っておこう。これは大人に人気のスポットになりそうです。


こうして三時間ほどで地盤は完成。あとは孤児院だな。今日のところは、簡易的な家を建てよう。

「大部屋にして、みんなで寝られたほうがいいよな」

孤児のみんなは仲良しだからな。大きな部屋にみんなで寝たほうがいいだろう。

「俺は個室がいい」

「ん～？　寂しくて眠れないんじゃないか？」

「そんなことにならねぇよ。俺は子供じゃないんだから」

顔を赤くして怒るルギュ。どうせ、夜になると枕を持ってファラさんの元へ行くんだろ。

ニヤニヤとルギュを見ていると、そっぽを向いた。僕が何を考えているのかわかったんだろうな。

からかいがいのあるルギュであった。

「じゃあ、大部屋一つと個室二つかな」

孤児は十人、でもそれはルギュのグループだけだ。他にも、街では何人かの孤児を見かけた。

最終的には、この街のすべての孤児をここで育てることができればいいなと考えてる。

テリアエリンにも孤児がいて、あの時からどうにかしたいと思っていた。彼らがいくらかの教育を受けられるようレイティナ様に寄付をしたから、テリアエリンは彼女に任せれば大丈夫だろう。

ピースピアにはもちろん孤児はいないけど、結界を超えてきた子供がいくらかいるので、ワルキューレが先生を務める塾みたいな施設はできている。よく考えると、世界樹に教えてもらえる街ってなんだか凄いな。

「鉄じゃ無骨だよな～。やっぱり、世界樹の枝を使おう」

ログハウスみたいな小屋を作ることにしました。ということで、溜まりに溜まった世界樹の枝をコネコネして大きな丸太に変えていく。

軽く基礎《きそ》工事を終えた後、大黒柱として、地下に立てた柱と同じ太さの柱を立てる。

僕は、一心不乱《いっしんふらん》に作業を続けた。

床は少し高めの位置に作って、入り口を階段で繋げよう。

枝をコネて床用の板を大量に作り、ルギュにも手伝ってもらって床を貼《は》りつけていってもらった。

ゴブリンとオークにも手伝ってもらおう。やっぱり人型の従魔は重要だな。コボルトとかいたら、積極的《せっきょくてき》に退治していきたいところだ。

「全部終わったよ～」

「ありがと。じゃあ、そろそろファラを呼んできてくれる？」

「は～い」

いい返事をするルギュ。最初会った時よりも、かなりいい子になったな。

ルギュを見送ると、今度は屋根を作り始める。

『ゴブゴブ』

『フゴフゴ』

「そうそう、天井に板を貼って～」

ゴブリンは身軽なので上で作業中。オークはゴブリンに、世界樹の枝で作った板を渡していく。

「レ～ン」

「ああ、ファラ～」

簡易の屋根に上っていると、声が聞こえてきた。

声のしたほうを見れば、馬車が丘を上ってきている。御者席にいるのは、ファラさんだ。

「先に、こっちの部屋の中に入っていていいよ。まだ完成してないけどね」

「子供達は先に入って。私はレンを手伝いたいから」

「「は～い」」

ファラさんは、子供達だけ向かわせた。

「子供達と遊んでいていいのに」

「いいんだ、私はレンの手伝いがしたいから」

ジャンプで上ってきたファラさんは、僕の腕を掴んだ。少し離れていただけなのに、ファラさんは寂しかったみたいだな。

「じゃあ、この丸太を一番長い柱の上に取りつけるから、ゴブリンと一緒に持ってくれる？」

「ああ！」

丸太の両端を持ってもらい、その中央をコネコネして大黒柱に固定。

ここを起点にして、あとは……。

こうしてファラさんにも手伝ってもらいながら、しばらく作業を続けた。

「よし、全部終わったよ」

『ゴブゴブ』

「こっちも終わったよ」

ファラさんと微笑み合っていると、子供達の声が聞こえてきた。

「わ〜オークだ〜」

『フゴフゴ〜』

「子供達はオークに驚いているみたいだな」

ルギュ以外は、オークと初めて会うからな。

「わ〜、凄〜い」

「高い高〜い」

『フゴフゴ〜』

紳士のオークさんは、早速子供達と打ち解けています。両肩に子供を乗せて走ってるよ。

体育館みたいな内装になってるから、暴れても大丈夫、あとは内装の仕切りを立てていけば、部屋も作れるけど。

「みんなは個室が欲しいかい？」

「え〜、みんなと一緒に寝られないの？」

「私、みんなと一緒がいい」

元気よく意見を言う子供達。ルギュ以外の子供は、大部屋がいいみたいだな。

「じゃあやっぱり、大部屋一つと個室を二つにしよう」

ルギュの個室を一つ。もう一つの個室は当分の間、僕とファラさんで使おう。

「レン、お風呂は大きめのものを作らないと」

「ああ、そうだね。地下にも作ったけど、それはお客さん用として、こっちには僕ら用のものを作ろう」

「地下？」

地下に作った施設のことをファラさんに言うと、入ってみたいって。

家のお風呂は、ファラさんの指摘通り大きめに作ろう。

この人数の子供達が入るには、大きめのほうがいいからね。

ということでお風呂を作っていくんだけど、浴槽《よくそう》は世界樹の枝で作ればいいので一瞬だね。最初は木だけで作ろうと思ったんだけど、清らかの岩も使って浴槽は二つ作ることにした。

仕切りには岩を使って、換気扇《かんきせん》みたいなものも作る。風が発生する魔石をはめて換気扇が回るようにすれば、湿気《しっけ》も溜まらないはずだ。まあ、窓もつけるから大丈夫だと思うんだけどね。

よし、これで完成だ。

床にも岩を使ったから、水はけは最高。清らかな岩でできているから、硬くない。転んでもクッション性があって、安心安全なのだ。

「できたよ。子供達を洗ってあげてくれるかい？」

「ああ。みんな、お風呂場に行くぞ」

「「は～い」」

ファラさんの号令で、みんなお風呂場に駆けていった。ファラさんに任せれば大丈夫だろう。

「ルギュは行かないの？」

「う、俺はみんなのお兄ちゃんだからな。一人で入るよ」

ファラさんが綺麗すぎて、ルギュは緊張しちゃってるみたいだな。思春期にはまだまだ早いけど、みんなのお兄ちゃんとして色々大変なんだな。

「じゃあ、後で僕と入るか。男同士、背中を流し合おう」

「あう、別に俺は一人で……」

本当は寂しいくせに、後でルギュが入っていった時に乱入してやるかな。

しばらくすると、お風呂の隣に作っておいた脱衣所からファラさんの声が聞こえてきた。

「みんな～、ちゃんと体拭いてね」

「『は～い』」

『フゴフゴ』

『ゴブ～』

タオルは綺麗なものをいっぱい置いてあるので、ゴブリンとオークにも体を拭くのを手伝わせる。

「みんな綺麗になってよかったな」

とても綺麗になった。結構汚れていたから心配したけど、流石、聖なる聖水を入れた浴槽だ。一瞬で汚れも落ちたようです。

「じゃ、じゃあ、次は俺が使わせてもらうね」

「本当にルギュは一人でいいのか？」

「うん。俺は一人で大丈夫」

ルギュが顔を赤くして脱衣所に入っていった。ふふふ、ではではルギュの背中を流してあげましょうか。

「ルギュー、背中流してやるよ～」

「えっ……」

脱衣所で服を脱いで、僕はお風呂場へと入った。

ルギュはこちらに背を向けて、湯船に浸かっていた。

「……あんまりみんなには見せられないから……」

ルギュは俯いて、そう言う。ルギュの体は傷だらけ。今までみんなを守るために頑張ってできた証だろう。

「だからみんなと一緒に入らなかったのか、じゃあ、これを飲みな」

「これは？　お水？」

「雫だよ」

「雫？」

僕はアイテムボックスから雫を取り出して、ルギュに手渡した。この孤児院を建てる時に、ルギュにはアイテムボックスのことを話しておいたから問題ない。

「飲んでいいの？」

「ああ、飲んでみな。リーリーも飲んだものだから大丈夫だよ」

「あ〜、あれ……」

雫を見つめたルギュは、それを一気に飲み干した。多分、美味しくて一気飲みしたくなったんだろうな。

「美味しい、あれ？　腕の傷がなくなってる」

雫の効果で、ルギュの傷がなくなっていく。

「雫は怪我も治すんだ。これでみんなと一緒にお風呂に入れるよ」

「……ありがと」

ルギュは恥ずかしいのか、顔を赤くして俯きながらお礼を言ってきた。

「ルギュは本当に偉いな。みんなのために今まで頑張ってきたんだからさ」

「ん……子供扱いするなよ」

「ははは、子供が何言ってんだよ」

僕は笑いながらルギュの頭を撫でる。ルギュは恥ずかしそうにしているよ。

「よ～し、じゃあ洗いっこしよう」

湯船に浸かったままのルギュを促すが、なかなか浴槽から出てこない。

「じ、自分でできるよ～」

「遠慮するなって。これからもルギュには働いてもらうんだからさ」

滑《なめ》らかな肌のルギュは、まるで女の子みたいだな。

「綺麗な肌だな。まるで女の子みたい？」

「……みたいじゃなくて」

「え？」

「女だもん……」

「……ええ〜！」

なんということでしょう。

可愛い可愛いと思っていたらルギュは女の子だったようです。熊耳が可愛く伏せられていて、顔が真っ赤になってます。

一人称が俺だし、みんなのお兄ちゃんなんて言うから、男の子だと疑わなかったのに。さっき男同士でって言った時にも、反論しなかったし。

「そ、そうだったんだな〜。ははは……悪かったね」

まさかの女の子とわかり、僕はすぐさま腰にタオルを巻き、そそくさとお風呂場から退散したのでした。

お風呂から出ると、ファラさんが迎えてくれて寝室へ。子供達はファラさんが寝かしつけたから、みんな仲良く夢の中。寝ていない子供はルギュだけだね。

「ルギュは、みんなのために頑張ってたみたい。ファラもルギュを褒めてあげて。本当に偉い子だよ」

「そうだったのか」

僕はお風呂場でのことを話した。女の子だったことも話したよ。僕らの間に秘密はなしだからね。

「あとで思いっきり褒めてあげないとな。それにしてもレンは本当に鈍感だ。デリカシーがないんだから」

「ほんとに、自分でも呆れるよ。まさか女の子だったとはね。でも、ルギュの怪我を治せてよかったよ」

改めて、世界樹の雫は凄いな～。ルギュ以外にも傷がある子がいそうだから、明日の朝はみんなに雫を出してあげよう。

「じゃあ、おやすみレン」

「うん、おやすみファラ」

大きなベッドに、二人で顔を寄せ合って横になった。とても幸せな瞬間だ。近いうちに子供も欲しいと言われている。うん、僕も欲しくなっちゃったな。


トントン！

目を瞑って色々考えていると、僕らの寝室の扉がノックされた。誰だろうと扉を二人で見ると、ルギュが枕を持って立っている。

「その……」

「だから言ったのに……」

「だって……」

「ふふ、おいでルギュ」

思った通り、ルギュは寂しくなってしまったみたいだ。個室を作ってあげたのに、僕らの部屋に来たよ。ファラさんに促されて、枕で顔を隠しながら僕らの間に入ってきた。

「いい匂い、お母さんみたい」

「ふふ、なんだか子供ができたみたいだな。嬉しい」

「そうだね」

ルギュを抱きしめて、少し話をしてから僕らは夢の世界へ。とても幸せな温かさが僕らを包んでいった。

第十三話　再会

「お父さん、お母さん……」

「……」

「ふふ、ルギュが何か言ってるね」

朝目覚めると、ルギュの寝言が聞こえてきた。ファラさんは、僕を見つめながら嬉しそうに微笑んでるよ。

「とてもいい子だね」

「そうだね」

ベッドの中で、僕らはクスクスと笑い合ってルギュを見つめた。

ルギュだけじゃなくて、みんなにもいい環境を作ってあげないとな。

「んん……レン兄《にい》、ファラ姉《ねえ》」

「「おはよう、ルギュ」」

見つめていると、ルギュが目を擦って目覚めた。熊耳がピョコピョコ上下しているよ。

獣人って可愛いな。

昨夜、眠る前に話していた時、僕達の新しい呼び名が決まった。レン兄とファラ姉になりました。

「じゃあ、朝ご飯にしよう」

僕はベッドから起きて、みんなが寝ている大部屋に向かう。そういえば、キッチンは作っていないんだった。まだ仮の家だから、仕方ないよね。

「「「おはようございます！」」」

「おはよ～」

三人で大部屋に入ると、起きた子供達が挨拶をしてきた。僕らも挨拶を返す。

「みんなお腹すいたかい？」

「ううん……」

僕が尋ねると、猫獣人の女の子が首を横に振ったんだけど。

グギュルルル！　その直後にお腹が大きな音を出した。

「ははは、遠慮しなくていいんだよ。お腹がすいてるんだったら、そう言ってくればいいよ」

「うう」

女の子は顔を真っ赤にして俯いた。可愛いので思わず頭をナデナデ。

「じゃあみんな机に集まって」

僕は大きな長机と、子供達と同じ数の椅子を取り出す。少し大きな椅子だけど、ゴブリンとオークに手伝ってもらって子供達を椅子に座らせた。

「今日の朝ご飯は、白パンとスープだぞ～」

「わ～」

「美味しそ～」

白いパンとコーンスープを取り出すと、みんな目を輝かせてるよ。

「俺達、日頃は焼いただけとか生とかで食べてたから、こういう料理は嬉しいんだ」

料理を出しながらみんなの笑顔を楽しんでいると、ルギュがもじもじしながら話した。

恥ずかしいみたいだけど、家がなかったのだからしょうがないだろう。

「ルギュは頑張ってたよ。これからは自分のために僕らに甘えな」

「う、うん……」

頭をクシャクシャと撫でて話すと、ルギュは涙を流して頷いた。

「あ～、ルギュが泣いてる～」

「ほんとだ～。なんで～？」

ルギュが泣いているのを見て、子供達が驚いてる。

子供達がルギュに群《むら》がると、ルギュは顔を真っ赤にして否定しています。恥ずかしいんだろうな。

「も～、なんでもないから早く食べようぜ」

「ふふ、そうだね」

ルギュが目を擦って机に身を乗り出した。まだ、顔が真っ赤だね。

「料理はいきわたったかな？」

ファラさんが微笑んでみんなに確認する。

「「「は～い」」」

「じゃあ、いただきます」

「「「いただきま～す」」」

ファラさんの合図で、いただきます。白いパンとコーンスープ、それにオークの肉で作ったハムを皿に盛った。白いパンにハムをのせて、コーンスープに少し浸して一口。あ～、エレガント。

「おいし～～」

「なんだかホッとするね」

みんなの美味しいという笑顔と料理のおかげで、ホッとします。

清らかなトウモロコシで作ったコーンスープも美味しいからね。エリンレイズに寄った時、依頼を受けるついでにもらったんだよな～。

「お水も美味しいね～」

「うん、痛かったところも、痛くなくなっちゃった」

子供達は、水のおかげだとは知らずに雫を飲んでいます。やっぱりルギュと同じように、怪我をしていたんだな。

「さて、みんな。今日からみんなにはやってほしいことがあるんだ」

「やってほしいこと？」

「ああ」

みんな口いっぱいに食べ物を含んで、僕に顔を向ける。少し大きいリスと話しているみたいだ。

「ふふ、みんなにはこの街の孤児を集めてほしいんだ」

「家のない子は、みんなだけじゃないだろ？」

ファラさんと僕の言葉を聞いて、みんな目を輝かせた。

「え！　みんなを連れてきていいの？」

「じゃあ、じゃあ、港の子達もいいの？」

「ああ、みんなだよ。家が小さかったら作っちゃえばいいからね」

教会のような孤児院を作ろうと思ったけど、このまま、木の宮殿みたいな建物にしてしまってもいいよな。

「じゃあ、じゃあ～」

「ご飯はちゃんと食べてくれないと泣いちゃうぞ」

「はい！」

「ふふ、急いで食べなくても大丈夫だよ」

早く食事を終えて、みんなを連れてきたいという葛藤《かっとう》を感じる。その可愛い様子に、ファラさんが微笑みっぱなしだ。

「レン兄、お願いがあるんだけど……」

「ん？　お願い？」

ルギュがスープを飲みながら、おねだりしてきた。お願いって、僕らに心を許してくれている感じがしていいな。

「その……奴隷の友達がいるんだ。そいつ、無口で食事も碌《ろく》にもらえずにガリガリなんだよ。たまに食べ物をあげるんだけど、戻しちゃったりして……」

ルギュは、その奴隷の子を助けてあげたいみたいだね。食べ物を戻しちゃうのは、普段食べ物を食べていないから胃が受けつけないんだろうな。スープとか軽いもので慣らさないといけないと、聞いたことがあるよ。

「そいつも助けられないかな？」

「他に子供の奴隷はいる？」

「えっ……うん、いるけど」

「よし、じゃあ、食べたらすぐに行こうか」

「⁉　うん！」

ルギュは凄い勢いで、スープやパンを食べていく。

嬉しいんだろうな、少し涙ぐんでいるようにも見える。

「レン、今日は私も一緒に行っていいか？」

「ん？　了承《りょうしょう》を得なくても大丈夫だよ、ファラ」

「ああ、ありがと」

やっぱり、ファラさんは昨日、寂しかったのかな。

「じゃあ、みんなにはマイルドシープのマクラとワイルドシープのワクラをつけるよ」

「マクラちゃんだ～」

ワクラとマクラを召喚すると、子供達が喜んだ。

食事を口一杯詰め込んで、すぐに抱きつきにいく。

ワクラとマクラも強化してあるし、従魔の印もついているので街中《まちなか》でも大丈夫。

それから僕、ファラさん、ルギュの三人は、ルギュの友達を奴隷から解放するために奴隷商にやってきた。この世界では普通のことだけど、僕の世界ではほとんど考えられない制度だからね。救える人はみんな救っちゃおう。

「いらっしゃいませ。奴隷をお求めですか？」

奴隷商の店に入ると、そこには檻が並んでいた。檻の中には、色んな種族の人が首輪《くびわ》をつけられて座っている。中には魔物もいるけど、暴れているね。

執事《しつじ》のような格好をしたお爺さんが僕にお辞儀をして、迎えてくれる。

「子供の奴隷はどれくらいいますか？」

「子供ですか？」

僕が子供の奴隷を求めると、お爺さんはちらりとルギュに目を走らせ、少し考え込んで言った。

「では、ご案内いたします。ですが、わたくしどもの所有している子供の奴隷は貧弱でして、とても働けるものではないですが、よろしいでしょうか？」

「碌にご飯を食べさせていないらしいね」

ルギュに聞いていたから、お爺さんを睨みつけた。彼は冷や汗をハンカチで拭う。

「わたくしどもも、生きていくのでやっとなのですよ」

お爺さんはそう言って階段を下りていく。子供の奴隷は、地下にいるみたいだな。

階段の先の扉を開くと、ひんやりとした岩の壁に囲まれた部屋があった。

大きな檻が一つと、小さな檻が壁に沿ってぎっしりと置かれている。上の階の奴隷達と違い、みんなやせ細っていて力なく座り込んでいる。

「この中で一番高価な子供は、こちらのエルフの子です。両耳とも削《そ》ぎ落とされていますが、容姿はエルフですので最高のものとなります」

お爺さんが案内した檻には、俯いて座るエルフの子がいた。その子を見ると、ルギュが檻に飛びついて名前を呼んだ。

「ティナ‼」

「……」

「……やはり、君はこの子に食べ物を持ってきていた子ですね。ですが、この子は力を失ってしまっています。水のようなものしか胃が受けつけないのです」

お爺さんは、ルギュの肩に手を当てて悲しげに微笑む。

「この階の奴隷達は皆、売れずに残った者達。ご主人様は厳しいお方だ。売れそうもない者には、最低限のものしか与えません」

お爺さんが残念そうに俯き、説明する。奴隷商なんかで働いてるけど、この人はいい人のようだ。

普通は、ルギュのような子供が奴隷商の店に出入りすることなんてできない。獣人の孤児となれば、捕まって売られてしまうことだってあるだろう。

でもそうならなかったってことは、このお爺さんがルギュの行動に目を瞑っていたからかもしれない。

「この子が欲しいんだけど、いくらかな?」

「えっ?　欠損も多いので、銀貨一枚といったところですが」

「じゃあ、銀貨一枚ね」

僕は値段を聞いて、お爺さんに銀貨一枚を渡した。

これで、この子――ティナちゃんは自由だ。僕はルギュに雫を手渡した。

「ルギュ、これをその子に」

ルギュが檻に近づき、ティナちゃんに雫を飲ませる。

「美味しい……。え、声が出せる?」

「ティナ……綺麗な声だね」

「欠損が治っている？」

みるみるうちに欠損が治り、綺麗なエルフの耳が現れる。ティナちゃんは、驚いて声を上げてるよ。お爺さんも、目を見開いて言葉を失っている。

「私の名前、知っていたの？」

「うん、君が教えてくれなかったから調べたんだ」

「ごめんね。今まで口がきけなくて。ごめんね」

「ううん、俺こそ、ごめんね」

ルギュとティナちゃんは、檻を挟《はさ》んで抱き合っている。

そうか、ティナちゃんは口がきけない状態だったんだね。それだけ衰弱《すいじゃく》していたってことか。

「さあ、あなたはこの方のものになりましたよ。もうこんな狭いところにいなくていいのです」

お爺さんはそう言って微笑んだ。彼が檻の鍵《かぎ》を開けると、ルギュがティナちゃんに手を差し出す。二人は微笑んで檻から出てきた。友情っていいよな。

「お買い物は以上でしょうか？　そういえば、自己紹介をしていませんでしたね。わたくしはこの奴隷商で働いております、スイショウと申します」

「いえ、僕の買い物はこれからですよ、スイショウさん」

「へっ？　といいますと？」

「この階の子供を全員引き取ります」

「ぜ、全員ですか⁉」

スイショウさんが驚いて聞き返してきた。僕とファラさんは一緒に大きく頷く。

「全員でいくらになりますか？」

「そ、そうですね。計算したことがないので、なんとも……」

「じゃあ、白金貨十枚でどうかな？」

「白金貨十枚⁉」

計算がめんどくさいと思った僕は、白金貨十枚を取り出してスイショウさんに見せた。

彼は驚いて白金貨十枚を見つめる。

「……この店ごと、土地も含めて買える値段ですよ」

「構いません。本当は、子供だけでなくすべての奴隷を解放したいのですが……流石に、今すぐというわけにはいきません。ですから、せめて他の奴隷達にいいご飯をあげてください。命を落とすことがないように」

「かしこまりました」

スイショウさんは、僕に深くお辞儀をしてきた。少し涙ぐんでいるようにも見えるよ。

「わたくしも元は奴隷。今でも、ご主人様には逆《さか》らえません。歯噛《はが》みして、この場に立っておりました。あなた様のような方が来てくださる時を待っておりました」

スイショウさんは、鼻をすすりながらそう言ってきた。

「すぐに子供達を連れてまいりますが、どちらにお連れしますか？」

「いや、みんな歩けるでしょ。ここで引き受けますよ」

「足の欠損がある者もいますから。責任をもって、お連れします」

「は、はい、わかりました」

スイショウさんが顔を思いっきり近づけてくるから、僕はその圧に負けて、家が建っている丘を教えた。丘のことを聞いて、さらに驚いています。昨日まで建物は建っていなかったからね。

「では、後ほど！」

「ああ、お願いね」

僕達は、奴隷商の店を後にした。

スイショウさんが子供達を連れてくる間に、子供服を用意しないと。ピースピアに頼むのが一番。ついでに現状報告もしておこう。

丘の上に戻ってきた僕は、世界樹の枝を地面に刺した。

子供服の用意はもちろん、子供達のお世話をしてくれる人を派遣してもらわないと、流石に大変だからね。ということでワルキューレに連絡を取ります。

ティナちゃんは、ルギュと一緒に家の中に入って、ファラさんに温かい食べ物を出してもらってるよ。雫で胃の調子も戻ったようだから、よかった。雫はやっぱり最強だね。

「ワルキューレ、聞こえる?」

『コヒナタさ〜ん、お元気ですか?』

「僕は元気だよ。今、港街ストスで孤児院を作ってるんだけど、子供が多くなってきたから服と人をね」

『コヒナタさん、ハネムーンとはそういうものなのですか? ファラさんは大丈夫なのですか?』

「えっ……」

そういえば、僕らはハネムーンで来ていたんだった。

ファラさんは孤児院を作ろうとした時、喜んでいたように見えたけど、本当のところどう思っているんだろう。

『はぁ〜、コヒナタさん。そういうところはコヒナタさんの良いところだとは思いますが、ちゃんと奥様であるファラさんの意見も聞いてあげたほうがいいですよ』

「はい、肝に銘《めい》じます」

僕は、旦那失格だな。ファラさんの意見もちゃんと聞かないとダメだよな〜。

『えっ？　はい、今、コヒナタさんと会話しています』

「ん？　どうしたの、ワルキューレ」

『ウィンディがコヒナタさんと会話しているのかと聞いてきました。ちょっとウィンディ、私に大きな声を上げても、あちらには聞こえませんよ』

　ははは、ウィンディの姿が容易《ようい》に想像できるな～。電話中みたいに聞こえるわけじゃないのに、ウィンディはワルキューレに向かって大声を上げているようだ。

「それで、子供服と一緒に、誰か孤児院を手伝ってくれる人を派遣できないかな？」

『あっ、すみません。ウィンディが行きたいと言っていますが』

「ダメだよ。ウィンディは子供に悪影響を及ぼすから」

『では誰がいいでしょうか？　はいはい、ウィンディ。コヒナタさんは厳しい方なんです』

　ウィンディがワルキューレにつっかかっているのかな。

　適当にあしらっているようだ、よかったよかった。

『ニーナさんと数名のダークエルフさんが行きたいと言っていますが？』

「ニーナさん達か。それなら大丈夫かな？　でもダークエルフさん達は大丈夫なのかな？」

『慣れさせるためにも、外に出たほうがいいと、ボクス様とニーナさんが』

「なるほど。じゃあ、お願いしようかな」

ニーナさん達は、割と社交的だから大丈夫だろう。

装備もマシマシでステータス爆上げだから、ダークエルフを襲おうとする人がいたとしても余裕で撃退できるしね。

『では、すぐにそちらに転移いたします』

「お願いね」

『はい！』

ワルキューレの嬉しそうな声がしてしばらくすると、ワルキューレと手を繋いでニーナさん達が現れた。

「レンレン～、会いたかったよ～」

「げっ！　ウィンディ！」

「ゲッて何よ、レンレン～」

外套のフードを目深に被ったウィンディが、ダークエルフさん達に紛れて転移してきてしまった。ウィンディがジト目で僕を見つめてくる。まったくウィンディは……。

「チェンジで」

「しどい！」

ウィンディがどこからか取り出したハンカチを噛みしめて、声を上げてます。

「ウィンディ～。そういう、人を騙すようなことはしちゃダメだろ」

「でもでも～」

ウィンディがニーナさんに怒られています。確かに、騙されたみたいでいい気はしないよな～。

「レン、ごめんなさい！」

「ええっ！　エレナさんまで……」

もう一人、外套のフードを目深に被っている人がいて、急に声を上げたと思ったらエレナさんだった。エレナさんにしては、積極的なことをしたな～。

「レンに会いたかったんだ。それに、これを見てもらおうと思って」

エレナさんはそう言って、アイテムバッグからキラキラ光るロングソードを見せてきた。

「なんだか凄そうな剣だね」

「うん、私もやっと魔法鍛冶士になれたんだよ。それで、この剣が作れたんだ。だから、レンに見てもらいたくて」

熱のこもった表情で、僕を見つめるエレナさん。そんなに見せたかったのか。

【聖剣エルスラード】ＨＰ＋１０００　ＳＴＲ＋２０００　ＶＩＴ＋１０００
ＤＥＸ＋１０００　ＩＮＴ＋１５００　ＭＮＤ＋５００

ええっ！　聖剣？　エレナさんはガッツさんを軽く超えて、僕の作る装備に迫ってきてるよ。チートを使っている僕が、なんだかみじめに思えてくるな〜。

「どうかな？」

「ほんとに凄いよ。聖剣エルスラードを作っちゃうなんてさ」

「聖剣エルスラード？　このキラちゃんが？」

あれ？　エレナさんは聖剣だって知らなかったみたいだね。

エレナさんは自分の作った装備に名前をつけるみたいだ。エレナさんの新しい一面が見られて何か嬉しいな。

「聖剣を作っちゃうなんて、エレナさんの努力が実を結んだんだね」

「う、うん……」

僕が素直に褒めると、エレナさんは顔を真っ赤にしてもじもじし始めた。

「レン。私、レンに見合う女になったかな？」

「えっ？」

もじもじしながら、エレナさんがそう言ってきた。

そうか、エレナさんは僕に並ぶために頑張ってきたんだよな。凄いな〜。

果たして僕は、そんなエレナさんに見合った男なのだろうか？　チートを使っているだけだから、なんだか申し訳ないな〜。

「ファラさんと同じように、私もそばにいたい」

「えっ……」

「えっと、私達は家に入って子供達に挨拶してくるぞ」

「私は見て――」

「ウィンディもだ！」

「え～」

エレナさんの告白を聞いて、ニーナさんとダークエルフさん達が家に入っていく。ウィンディは残ろうとしたんだけど、ダークエルフさん達に拘束されて中に入っていった。こんな時もウィンディはウィンディだね。

「私、レンに追いつこうと頑張ってきたんだ。魔法も一生懸命勉強して、魔法鍛冶士になって、いい武器も作れるようになった。だから……」

「エレナさん……」

泣きそうになるエレナさん。僕はエレナさんに言う。

「僕はエレナさんが好きです。だけど、僕はファラさんと」

「レン」

「ファラさん？」

僕は一途でいたいと思っている。この世界での常識とは違うけれど、その信念は曲《ま》げたくないのだ。

　その時、ファラさんが家から出て声をかけてきた。

「エレナは頑張ってきたんだ。だから、レンも認めてあげてほしい」

「そりゃ、認めるよ。凄いことだよ。ガッツさんの作った装備を軽く超える性能だからね」

「おじいを超えてたんだ……」

　エレナさんは、僕の言葉を聞いて涙をこぼす。嬉し涙って、なんでこんなに綺麗なんだろうな。

「エレナとも、一緒にいてあげてほしい。私はレンのそばで何もできていないから、彼女がとても輝いて見えるんだ」

「ファラさん……」

　僕は、ファラさんに色んなものをもらっているよ。何もできてないなんてことはないよ。

「レンは私のこと嫌い？」

「さっきも言ったけど好きだよ」

「なら」

　ファラさんが僕のそばに来て、力強く頷く。

「レン、ありがとう。でも私は大丈夫だから。エレナのそばにも、いてあげてほしい」

ファラさんにそこまで言われたら、仕方ない。それに、不安そうにこちらを見つめるエレナさんをこれ以上傷つけたくはなかった。

「うん。わかった。ハネムーンの続きには、一緒に行こう」

「⁉ やった～」

僕が頷くと、エレナさんが抱きついてきた。嬉しそうに泣いているよ。こんな僕と一緒にいたいなんて、変わってるな～。

「ほんとに頑張ったんだ。エヴルガルドで魔法の勉強をして。エルフにも鍛冶を教えて、エヴルガルドをドワーフの街に次ぐ鍛冶の街にするために頑張った。レンのためにやったことだけど、レンと離れてる時間が長くて辛かった～」

エレナさんはストイックだな～。でも、そんなに僕と離れるのが辛かったのか。なんか嬉しいな。

「レン」

「ん、ファラさん？」

「ふふ」

僕が顔を赤くしていると、ファラさんが軽くキスしてきた。いたずらっぽく笑って、ファラさんはエレナさんを見つめる。

「私も」

「ん」

はふ。美人な二人に順番にキスされて、僕は顔を真っ赤にしてしまう。二人は顔を見合わせて笑っています。まったく、ウィンディのいたずら好きが二人にうつったのかな？

第十四話　新たな目標

「みんな～ご飯の時間だぞ、起きなさい」

「「「は～い」」」

エレナさんが合流した次の日。

ニーナさん達の声がして、僕は目覚めた。

子供達も多くなったし、人手も増えたので軽く家を増築《ぞうちく》しました。玄関からすぐのところに階段を作り、二階も同じ間取りの部屋を作った。スイショウさんが連れてきてくれた元奴隷の子供達は十人、街にいた孤児は三十人。まだ手狭《てぜま》だから、さらに増築していくよ。

ウィンディは、元気にみんなと遊んでる。ニーナさんとエレナさんは、孤児達のお世話中。なので簡単なカマドでも作ろうと思ったんだけど……。

「火のマナをハンマーにつけて、カナトコとヤットコにもつける。そうすれば、どこでも鍛冶ができるんだよ」

　エレナさんは、かなり凄いことになっていた。改めて、魔法鍛冶士って凄い職業なんだな～。僕のチートみたいな力だね。

「だから料理だってできるんだ。まだまだ練習中だから、今度レンのために作るね」

　エレナさんは輝かんばかりの笑顔で、そう言ってきた。努力した結果が最高の形で実を結ぶと、やっぱり気持ちいいよね。そんなエレナさんは最高だ。

「レンは、まだ増築？」

「うん、子供達が増えたから二階だけじゃ足りないでしょ」

「そうだね。でも、まさか、ハネムーンの途中で孤児院を作ってるなんて思わなかったよ」

「うん。でも実はね、孤児を救うのは、この世界に来てからずっとしたかったことなんだよね」

　カマドはエレナさんに任せて、僕は増築に取りかかることにした。

　玄関から地下への階段を追加して、地下室を作る。深くしすぎると岩盤浴場に繋がってしまうけど、そこまで深くしないから大丈夫。

　ゴブリンとオーク、それにスケルトン達も召喚して、せっせと作業していきます。

　コネコネコネコネコネ。

世界樹の枝と僕の力があれば、建設も一瞬だな〜。

ゴブリンとオークにスケルトン達も加わったから、どんどん作業が終わっていく。

「ルギュの言う通り、レン様はとても凄いんだね」

「だろ？」

ティナちゃんと一緒に、ルギュが階段を降りてきた。僕の仕事を見て、微笑んでいるよ。

子供が楽しそうにしていると僕も楽しいな。

「二人はみんなと遊ばないの？」

「うん。俺達はリーダーだから」

ルギュとティナちゃんは、みんなのリーダーになった。最初は遊びの延長《えんちょう》だったみたいだけど、しっかりみんなをまとめているよ。年長者っていうのもあるけど、二人ともしっかりしてる。

「ティナちゃん、地下にいても大丈夫？」

「少しの間なら」

元奴隷の子供達は地下で暮らしていたから、地下にいるだけで苦しいみたい。

「地下の部屋には、ティナちゃん達以外を割り振るから。伝えておいてくれるかい？」

「う、うん」

ルギュの頭を撫でながら微笑んで伝えると、ルギュが顔を赤くしているよ。子供って可愛いな。

「ふふ、ルギュはレン様のことが好きなのね」

「ちょ！　何言ってんだよ、ティナ～」

ティナちゃんにからかわれて、ルギュがポカポカとティナちゃんを叩いた。ティナちゃんは笑いながら上の階に戻っていったよ。

「まったく……じゃあ、俺も行くな」

「ああ、あと少しで終わるから、ご飯になったら戻るよ」

完成まであと少し。

作業を進めてしばらくすると、外から騒がしい物音が聞こえてきた。

「ゴギャァアーー」

「キャ～～～!!」

「な、なんだ？」

僕は従魔達を連れて、外へと駆け出す。

外に出ると、見たことがないくらいの長さの巨大な蛇が丘に巻きつき、こちらを見下ろしていた。

『生贄をもらい受けに来てやったぞ』

エコーのかかったような声で、蛇はそう言う。

ゴリアテさんの言っていた、海龍ってやつか。蛇みたいな龍なんだな。ウィンディと子供達が丘の上のほうで遊んでいたんだけど、生贄だと思ったのか？

「海龍さん？　申し訳ないけど、生贄はいないよ」

『なに、たばかったのか？　穢れなき者を丘に近づけ、我をたばかったのか‼』

近づいて声をかけると、海龍が怒り出してしまった。穢れなき者ってウィンディのことかな？　それとも子供達のことか？　場合によっては僕も怒るぞ。

『この街を海に沈めることもできるのだぞ！』

脅してくる海龍さん。僕は大きくため息をつく。

「生贄として人は差し出せませんけど、他に欲しいものがあれば言ってください。可能なものなら出しますよ」

始末するのは簡単だけど、海龍を敵に回すのは危ないもんな。

今朝《けさ》、ワルキューレが雫の雨を降らせてくれたけど、効いてないみたいだし。

主に雫をまいたのは、街だからな～。海全体に行きわたる量でもなかった。

『そんなものはない‼　我は久方ぶりに人間のおなごが食えると思って楽しみに来たのだ。穢れなきおなごは、肉が柔らかくてうまいからな～。思い出したらすぐにでも食べたくなった。我慢できん。食ってやる』

海龍はくねくね体を動かして涎を垂らすと、ウィンディと子供達を見据えた。もの凄いスピードで、彼女達へと突進していく。

でも、そこはウィンディ。海龍さんに矢を数本放ち、子供達を家へと避難《ひなん》させた。

『お、おのれ！　我を仕留めるつもりか!!』

「……話してわからないんだったら、話さないよ。【アースドラゴン召喚】、【レッドドラゴン召喚】」

龍には龍を。二体の龍に出てきてもらって威圧《いあつ》してもらう。

『な⁉　これはどういうことだ。死んだはずの同族がなぜ！』

「ん？　知り合い？」

二体の龍を見て、硬直《こうちょく》する海龍さん。アースドラゴン達は首を傾げてる。

『ドラゴンは、我の他に二体しか生き残っておらんはず。しかし、それとは別に二体も成体のドラゴンがおる。驚きだ』

やっとまともに話せそうかな？

『しかし、うまそうだな』

同族だろうとなんだろうと、食べるつもりなのか。食い意地が張ってるみたいだ。結局は魔物ってことなのかな。

「じゃあ、仕方ないね」

『な、なんだ、そのバカでかい剣は⁉』

僕はアースドラゴンに跨って、【レクイエムソード】を作り出す。数少ないドラゴンを屠《ほふ》るのは心が痛むけど、みんなに害をなすんだったら仕方ない。

海龍は、かなり狼狽えて体を揺らしてる。

『やられてなるものか！　な、なぜ壊れん⁉』

最後の抵抗で、丘に体当たりをかます海龍さん。でも強化してあるから、びくともしない。

多少振動はあったものの、丘の先っちょが少し欠けただけだ。あれもあとで直しておこう。景観《けいかん》は大事だからね。

『ま、待て！　降参《こうさん》だ、人間。殺さないでくれ！』

「人を殺さないか？」

『た、たまにしか食わん！』

「たまに？」

『一生食べん！　だから助けてくれ』

命乞《いのちご》いを始める、海龍さん。話せる相手を倒すのも気が引けるしな～。そうだ、隷属《れいぞく》の首輪が余ってたな。それをつければ、約束を守らせることも簡単だ。

「海龍さん。これをつけて」

『そ、それは隷属の首輪⁉　いやだ、それをつけたら人を食えなくなる』

「あっ、逃げた……。ウィンディ！」

「は～い！　レンレンのためならっと！」

海へと逃げ出す海龍。逃がすわけにいかないので、ウィンディに射《い》かけさせる。

体に数本矢が刺さると、動きが鈍くなった。そのままアースドラゴン達に頼んで、回収に成功。大きすぎたので、丘の下の浅瀬《あさせ》に捕《と》らえる。

もちろん、隷属の首輪もつけました。しばらくは、ここに拘束しておこう。

『なぜ、我がこんなところで……そもそもは、懐かしい匂いにつられてきたというのに』

海龍は泣きそうな顔でそう漏らす。うん、懐かしい匂い？　穢れなきおなごの匂いってことかな。

「ほ～、こいつが伝承《でんしょう》にあった海龍か。まずいことになったと思ったが、心配なかったな」

流石に騒ぎとなり、野次馬《やじうま》が集まってきた。その中から、葉巻をふかしたゴリアテさんが出てきて僕に手を振る。

「ん？　レンレン？　あの海賊みたいなの誰？　敵？」

ウィンディが尋ねてくる。僕は大丈夫だと伝えて、ゴリアテさんに手を振り返した。

「まさかドラゴンを従えているとはね～。それも二体も。どうりで金を持っているわけだ」

笑顔でゴリアテさんが話しかけてくる。

「これからも、あんたとは仲良くさせてほしい。いいだろうか？」

握手《あくしゅ》を求めて、手を伸ばすゴリアテさん。僕はその手を取り、握手を交わした。

「ありがとう。それにしてもあんたは何者なんだ？　もしかして、ピースピアの……？」

「あ、はい。実は……」

ゴリアテさんは、気付いていたようだ。とっさに誤魔化すことができず、そう答えると納得したように頷いた。

「やはり、ただの金持ち貴族じゃなかったか。ピースピアの関係者なら安心だ」

「貴族だと心配なんですか？」

「ああ、そりゃあな。中には酷い奴もいるもんだ。魔物を飼って、子供を餌にしちまうやつもいる。隷属の首輪は、絶対的な力を持ってるからな」

ゴリアテさんは眉をひそめて言う。

そんな隷属の首輪をコネコネできてしまう僕は、事情を知らない人からしたら危険人物だよね。まあ、わかっていたことだけど。

「レン～。せっかくだから、あがってもらったら？」

丘の上のほうから、ファラさんの声がする。確かに、ずっと立ち話をするのも失礼だよな。

ということで、うなだれている海龍にちょっとした食事をあげてから、ゴリアテさんを孤児院に案内する。

建物を前に、ゴリアテさんはかなり驚いていた。入った後も驚いている。

「レン。お客さんか？」

「ダークエルフ⁉」

大部屋では、子供達とニーナさんが遊んでいた。ニーナさんが僕らに気付いて声を上げると、ゴリアテさんが驚愕に目を見開く。

「なんだ？　ダークエルフがいちゃ悪いか？」

「あっ、いや、そういうんじゃなくてだな」

ニーナさんに詰められて、たどたどしくなるゴリアテさん。顔が真っ赤になっていて、さっきまでの海賊らしさがなくなってる。いや、実際に海賊ではないだろうけど。

「その美しさに驚いたんだ」

「ふむ、そうか。それなら許そう。できればその感想をコヒナタにも伝えてくれると助かるぞ」

ゴリアテさんが称賛《しょうさん》すると、ニーナさんが大きめの胸を張ってドヤる。

「いやしかし……羨ましい限りだ。たくさんの子供と美人に囲まれて……。ここ以上の楽園はないな」

大部屋を見回し、そんなことを言うゴリアテさん。優しい眼差しで、今にも泣き出してしまいそうだ。

「大丈夫？　おじちゃん」

そんなゴリアテさんを見て、ティナちゃんがハンカチを差し出した。

「上物の布地だ。ありがとうよ、嬢ちゃん……」

「どういたしまして。……？　どうしたの、おじちゃん？」

ゴリアテさんはハンカチを受け取って涙を拭うと、ティナちゃんをギョッとして見つめた。ティナちゃんは首を傾げてる。

「嬢ちゃん、名前は？」

「ティ、ティナだよ」

「……」

ゴリアテさんはその名前を聞くと、近くの椅子に腰かけて考え込んでしまう。

僕は気になって、向かい側の椅子に座り尋ねた。

「どうしたんですか？」

「……海龍が懐かしい匂いと言っていたのを聞いただろ？」

「ああ、そういえばそんなことを言ってましたね」

「俺の爺さんから、あの海龍の主はハイエルフだと聞いたことがある」

「ハイエルフ？」

「この嬢ちゃん、はっきりとは言えねえが、ハイエルフなんじゃないか」

「へ～、ハイエルフ……。ええ～⁉」

ゴリアテさんの話を聞き、僕は思わず大きな声を上げてしまった。

「ティナがそのハイなんとかだったら、なんだっていうんだよ」

ティナちゃんを庇うように、ルギュがティナちゃんを体で隠した。ティナちゃんは、ルギュに抱きついて楽しそうだな。

ゴリアテさんは、僕に含みのある視線を向けてきた。

「……ニーナさん。子供達と外で遊んできてもらえますか？」

「ああ、わかった」

ティナちゃん達に聞かせないほうがいい話だろう。僕はニーナさんにお願いして、子供達を外に連れ出してもらう。

「俺は残るぞ」

「えっ！　ルギュは残るの？　じゃあ、私も」

「いやいや、ティナは行けよ。檻の中にずっといたんだからさ。思いっきり、外で遊べよ」

「ルギュがいなかったら遊べないから」

そんな二人のやりとりを聞いて、僕はルギュに言う。

「ルギュも遊んでおいで」

「で、でも」

「大丈夫。後で話すから」

「う、うん。わかった」

さて、ゴリアテさんの話を聞こう。

「それで?」

ゴリアテさんはファラさんが出したコップに口をつけて、話を続けようとしたんだけど。

「ん!? うまい!」

「ゴリアテさん?」

「ああ、すまない」

水に感動するゴリアテさん。意識が完全に水にいっていたので声をかけると、話の続きを始めてくれた。

「あの海龍の主がハイエルフだってとこまで話したよな。その主っていうのは、ハイエルフの長エンデバーだ。爺さんが言っていたことだから、どこまで本当かわからないがな」

確かに、エルフがハイエルフの長を真っ先に捕まえて海に沈めたという話を聞いたことがある。でも、その魂は牢獄石に封じられたとも聞いたけど。

「海龍の主がハイエルフだとして、どうしてティナちゃんもハイエルフになるんだ？」

ファラさんが疑問を口に出す。

「ん～。俺も爺さんから軽く聞いただけだから、詳しいことはわからねえんだが。海龍の主は長い眠りについているらしい。その主がいないと、海龍は地上に出ることもできないって話だった。だから懐かしい匂いっていうのは、ハイエルフを指しているんじゃないかと思ったんだ。あのティナって嬢ちゃんの容姿も、子供ながらに見たことがないくらい整っていたからな。まあ、流石に突飛《とっぴ》な考えか。あぁ、あとハイエルフは全員で一人らしいとも聞いた」

ゴリアテさんの言葉に、みんなで顔を見合わせる。

いずれにせよ、これは海龍に事情を聞いてみる必要があるね。


ということで、海龍の元へと向かう。

ゴリアテさんには、せっかくだから岩盤浴場の最初のお客さんになってもらうことにした。今頃、ダークエルフさん達が案内してるはず。

海龍を拘束した浅瀬には、僕とファラさん、エレナさん、ウィンディでやってきた。

『何用だ、人間』

海龍は、ふてくされたように言う。

「料理は美味しかったみたいだね」

『ふん。人間なんぞの飯がうまいはずがない。だが、どうしても食ってほしいというなら、もっと出すがいいぞ、人間』

海龍にあげたのは、世界樹の雫で作った海鮮《かいせん》スープだ。エレナさんが作ってくれたスープで、凄く美味しかったんだよね。

まあ、喜んでいるようでよかったかな。

「海龍さん」

『なんだ、人間』

「君はどこから来たの？」

『……深海だ。なんだ、我の主に会いたいのか？』

僕の質問に、少し考えてから答える海龍さん。

色々と切れるな。僕の表情を見て、何か察したみたいだ。

僕が頷くと、再び少し考えてから口を開く。

『この丘にはハイエルフがいるだろう。あの子供達の中にいたのか。主に知らせれば喜ぶだろうな。しかし、そうなれば争いは免《まぬが》れぬ』

「え？　どうして？」

『ふむ、知らぬのか。我が主エンデバー様は、エルフだけでなく、地上のすべてを憎んでいるのだ。しかしエンデバー様は、長い眠りについておる。それに伴《ともな》い、我もおそばで眠っておったのだがな』

どうやらゴリアテさんの推測はあたっていたようだ。名前も、まさにエンデバーだった。

それにしても。

「ハイエルフが憎しみか～」

『エンデバー様は、エルフどもに不意打ちで海に沈められた。魂まで封じられてな。同族の多くも命を落としたことだろう。魂を封じられ、眠りについてはおるが、憎しみは膨れ上がっていくばかり。我にはわかる！』

僕の呟きを聞いて、怒り出す海龍さん。

ピースピアが滅ぼされたら、僕でも憎しみに囚われるだろう。確かに気持ちはわかる。

『エンデバー様は、ハイエルフにして至高のお方だ。あのお方と似た匂いを持つ者を感じ、我は眠りから覚めた。そしてこの丘に来てみれば、久方ぶりのおなごの肉に我を忘れてしまった。エンデバー様に会わせる顔がない』

海龍はしくしくと悲しそうな声を漏らす。

そうか、やっぱりティナちゃんの匂いにつられてきたのか。

「それで、その人はどこにいるのかな？」

『人間、聞いていなかったのか？　あの方は眠っておるのだ。会えるはずがない。それにな、あのお方が起きた時はこの世の破滅だぞ』

「そうか～……」

エルフ、そして地上をそれほど憎んでいるハイエルフの長エンデバー。その憎悪はすさまじいものだろう。下手《へた》をしたら、エンデバーが穢れとなることもあるんじゃないかな。

エルフに、仲間や家族を殺されて迫害されたわけだけど、それらは〝穢れ〟のせいである可能性が高いんだよな。

穢れに迫害されて、穢れそのものになる。

人間から生まれる穢れもあれば、穢れが作る穢れもあるんだな。

『それよりも、すぐに我を解放せよ。我は、主の元に戻らねばならぬ。早く生贄を食べて帰りたいのだ』

「……レン、この龍は野放しにすると危なそうね」

「あ、うん。そうだね」

海龍が馬鹿なことを話すと、ファラさんが冷めた表情で剣を引き抜いた。剣を向けられた海龍は、泣きそうな表情になって僕を見つめてきた。

いやいや、何助けを求めるような目をしてるのかな？　はっきり言って、完全に自分が悪いでしょ。ファラさんが怒るのも無理はない。

『人間の奥方⁉　我は悪い龍ではないぞ。ほれ、首輪はついておる』

「何この子。ファラの圧に負けてる～」

「龍もこうなっちゃったらおしまいだね」

海龍がファラさんを宥める。その姿が滑稽《こっけい》で、ウィンディとエレナさんが呟いた。

『はっ⁉　エンデバー様⁉』

「え？」

それから海龍はファラさんに媚《こび》を売り始めたのだが、急にそんな声を上げて背筋《せすじ》をピンと伸ばした。

『眠りから覚めたのですか……？　は？　ハイエルフを連れてこい？　で、ですがエンデバー様……。え？　あなた様の復活に使える？』

しばらく海龍の話に耳を傾ける。どうやったのかはわからないが、眠りから目覚めたようだ。しかし、魂はまだ封印されたままらしい。自身の復活に、ティナちゃんを利用しようとしているみたいだ。

『エンデバー様。申し訳ありません。すでに負けてしまいまして、隷属の首輪をつけられてしまいました』

海龍は、顔を強張《こわば》らせながら言う。

『な⁉　ダメです、エンデバー様。そんなことをすれば、ルースティナが』

ん？　エンデバーは何をしようとしてるんだ？　それに、ルースティナ様の名まで出てきた。

『エンデバー様、エンデバー様！　ダメだ。もう答えていただけない……』

「どういうことなの？」

海龍が首を垂れて呟く。

エレナさんが質問すると、海龍は僕らを見つめた。

『地上へ、海の兵を進めると……。止めたのだが……』

「海の兵……海の魔物ってこと？」

『ああ、我を頂点とした海の魔物達だ。今、こちらに向かって海を突き進んできておるようだ。このようなこと、神ルースティナが許すはずもない』

絶望《ぜつぼう》した様子の海龍さん。

だけど、ルースティナ様は関与できないんじゃないかな？　エヴルラードやアザベルの時も、直接動くことはなかったから。

「レンレン～。ルースティナ様は、私達にお願いしてくるんじゃない？　だって、レンレンは天使なんだから」

「だろうね。はぁ～。まためんどくさいことになったな～。せっかくのハネムーンだったのに」

ウィンディの推測に同意していると、背後から声が聞こえた。

「ごめんなさいね、コヒナタさん」

「「「⁉」」」

振り向けば、少し申し訳なさそうに手を振るルースティナ様の姿があった。

ルースティナ様は、僕の手を取ると指輪を三つ渡してきた。

「婚約《こんやく》祝いと迷惑料です。私が手を下してもいいのですが、それではエンデバーの無念が穢れの力になってしまうだけ。彼を救うことは、私にはできないことですから……」

そう言って、ニッコリ微笑むルースティナ様。

なんだか僕のことを買ってくれている。こんな綺麗な神様に期待されると嬉しいもんだな。って、彼女は心を読めるんだった。

「ふふふ、もう遅いですよ。コヒナタさん。そんなにまっすぐ褒められると、私も嬉しいです」

ルースティナ様は、顔を赤くしながら笑った。

「む～、レンレンがルースティナ様を褒めたってこと～？　ずるいずるい～！　ルースティナ様！　私の心眼を強くして～」

ウィンディがルースティナ様に懇願《こんがん》してる。

「ルースティナ様、それはダメですからね」

「わかってますよ、コヒナタさん。ウィンディさん。相手がどう思っているかをじっくり

考えること、それが愛の大きさに変わるんです。今まで、そういうご経験はありませんか？」

僕がダメだと言うと、ルースティナ様は神様らしく説得してくれた。

ウィンディはルースティナ様の言葉を聞いて、僕をチラチラと見て頷いてる。

「そうだよね。その人が何を考えてるのか、自分でも考えて想い続ける。それが愛を大きくするんだよね」

「そうですよ。心なんて読めないほうがいいのです。コヒナタさんのように、心を読まれることを嫌がらない人なんて稀ですからね」

いやいや、嫌がっていないわけじゃないんですけどね。諦めて本音を言ってるだけですよ。

「ふふふ、わかっていますよ、コヒナタさん」

本当に、わかってくれてるのかな～。

とその時、エレナさんとファラさんが声を上げた。

「何あれ!?」

「白波？　それにしては大きい!?」

『おお、エンデバー様がお怒りだ!?』

海龍さんも、海を見て絶望に顔を歪めた。

海を見ると、波が壁のようにせり上がり、迫ってきているのが見える。

「はぁ。止められないってことか。【レクイエムソード】」

ため息をついて、レクイエムソードを作り出す。さらにアースドラゴンとレッドドラゴンを呼び出して、その背に跨り海上へ飛んだ。

「波は、この街だけに向かってるのか。完全に僕らを狙っているのがわかるな。このままじゃ危ないからっと、【レクイエム】」

レクイエムソードを横に振るう。すると周囲の時間が止まり、剣圧だけがゆっくりと進んでいく。やがて白い剣圧が波に触れると、一瞬でその波が消え去った。

波が消えると、時間も元に戻る。

「これで終わりっと。ん？　あれはなんだ？　黒い波かな？」

白い波が消えた後ろに、黒い小さな波がいくつも見える。よく見るために、アースドラゴンに高度を下げてもらうかな。

「げっ！　魔物だ。海龍さんが言ってた兵ってやつか」

なるほど、波で人々を一掃して、海の魔物で制圧って感じだったのかな。

しかし、この量の敵は色々と面倒だな～。

「コヒナタさん！　お戻りください！」

「ワルキューレ？」

みんなのいる丘から、大きな声が聞こえてきた。ワルキューレが手を振っているのが見えて、その周りにはピースピアのみんなの姿も見える。

「クリアクリス！」

「お兄ちゃん！」

丘に戻ってアースドラゴンから降りると、クリアクリスが抱きついてくる。抱き上げて高い高いをすると、久しぶりに彼女の笑顔が見られた。

「みんな、どうしたの？」

「どうしたのじゃありませんよ、コヒナタ様」

イザベラちゃんが頬を膨らませて怒ってる。なんで怒ってるんだ？

「イザベラが怒るのも無理ないのじゃ」

「そうですよ、コヒナタさん」

ルーラちゃんとナーナさんが、うんうんと頷いている。

「ええ？」

「コヒナタ様に危険が及んだ時、私達はすぐにでも駆けつけます。ですので、そういう時にはすぐにご連絡ください」

「イザベラちゃん……」

ムスッとしてるイザベラちゃん。ははは、少し心配させちゃったかな。確かに、約束したからね。

ただ今回は、流石にみんなを呼ぶほどの時間がなかったから許してほしい。

「レン……」

ファラさんが手を握ってくれる。僕は彼女の顔を見て、みんなに告げる。

「ああ、そうだね。じゃあ、みんな！　この街を……いや、世界を一緒に守ってくれるかな？」

みんな、僕の言葉に応えて「おう」「はい」と声を上げる。


エンデバーの兵対ピースピア。

エイハブさんもルーファスさんも、かなりやる気だ。エリックに至っては、僕とワルキューレに一礼してから海へと落ちていった。

地形の利はあちらにあるな。そう思っていたら、世界樹の枝を海にばらまき始めるワルキューレ。彼女の力で、海に地面のようなものが現れた。流石ワルキューレ。伊達に世界樹じゃないな。

魔物の兵を倒し、エンデバーの無念を晴らす。ルースティナ様でもできないことを、僕がやるんだ。

はぁ～、早く終わらせてハネムーンの続きがしたいな～。
まだまだハネムーンに戻れない僕。穢れとの戦いにも、終わりがないのかもしれない。
でも、僕らは諦めない。いつまでもピースピアやこの世界の平和を守っていくぞ。
さあ、僕も参戦しますかね。

あとがき

この度は、『間違い召喚！ 4 追い出されたけど上位互換スキルでらくらく生活』をお読みいただき、ありがとうございます。

さて、四巻はいかがでしたでしょうか。

本作のテーマは前回の【家族】から、よりいっそう外の世界へと拡大して【救済】としました。主人公のレン達は持ち前の優しさでもって、不幸な目にあって穢れに囚われてしまったアザベルや孤児となったルギュ達を見過ごさず救済していきます。

その上、新しい技を編み出したり、港街を開発したり、彼が製作した武器や防具に意思が生まれたりして驚かれた読者の方もいらっしゃったかもしれませんね。

新たに獣人の町も登場し、レンの周囲には【友】と言える人物も増えてきました。今後、彼らの拠点《きょてん》であるピースピアも、ますます大きく賑やかになっていくことでしょう。

振り返ると、四巻の執筆はとても楽しかったです。

特にレンとファラのハネムーンのエピソードや、レンがファラの尻に敷《し》かれているシーンなどはお気に入りで、執筆時のことは昨日のように覚えています。ファラの過去の遺恨《いこん》についても、本巻で少しは解消されたので良かったです。同時期に本作の書籍化が決定し、大喜びしたことも、これらのシーンに対する感慨を深める一因となりました。

また、四巻では次なる脅威《きょうい》となるハイエルフも敵として登場しています。しかし今のところ、レンとハイエルフの対決は、私の脳内での構想に留めており、本作では描かれていませんん。いつかその戦いの様子も書きたいですが、今はその日まで、じっくりと私自身の筆力を磨いていきたいと思っています。

最後になりますが、改めまして、ここまで本作にお付き合いいただき感謝いたします。小説に加えて、土方悠先生の漫画も手に取っていただけると嬉しいです。これからも私はバリバリと新作をWeb上に公開していきます。少しでも皆様の目に留まれば幸いです。

それではこれからも皆様に、いい作品との出会いがありますように。

カムイイムカでした。

二〇二三年六月　カムイイムカ

「銀座編」大好評発売中!
累計660万部(電子含む)突破!
ゲート SEASON1～2
大好評発売中!
コミックス最新23巻
6月下旬刊行予定!!
SEASON1　陸自編
単行本
●本編1～5／外伝1～4／外伝+
●各定価:本体1,870円(10%税込)
文庫
●本編1～5〈各上・下〉／外伝1～4〈各上・下〉／外伝+〈上・下〉
●各定価:本体660円(10%税込)
漫画
漫画：竿尾悟
●1～22(以下、続刊)
●各定価:本体770円(10%税込)
SEASON2　海自編
単行本
●本編1～5
●各定価:本体1,870円(10%税込)
文庫
最新5巻〈上・下〉大好評発売中!
●本編1～5〈各上・下〉
●各定価:本体660円(10%税込)

大ヒット 異世界×自衛隊ファンタジー
ゲート0《ゼロ》
GATE:ZERO
自衛隊 銀座にて、斯く戦えり
〈前編〉
〈後編〉
柳内たくみ
Yanai Takumi
ゲート始まりの物語
「銀座事件」が小説化!
20XX年、8月某日——東京銀座に突如『門（ゲート）』が現れた。中からなだれ込んできたのは、醜悪な怪異と謎の軍勢。彼らは奇声と雄叫びを上げながら、人々を殺戮しはじめる。この事態に、政府も警察もマスコミも、誰もがなすすべもなく混乱するばかりだった。ただ、一人を除いて——これは、たまたま現場に居合わせたオタク自衛官が、たまたま人々を救い出し、たまたま英雄になっちゃうまでを描いた、7日間の壮絶な物語——
●各定価：1,870円（10%税込）
●Illustration：Daisuke Izuka
650万部!
自衛隊、ついに状況開始!!

アルファライト文庫

この作品に対する皆様のご意見・ご感想をお待ちしております。

おハガキ・お手紙は以下の宛先にお送りください。

【宛先】

〒150-6008 東京都渋谷区恵比寿4-20-3 恵比寿ｶﾞｰﾃﾞﾝﾌﾟﾚｲｽﾀﾜｰ 8F
（株）アルファポリス　書籍感想係

メールフォームでのご意見・ご感想は右のＱＲコードから、
あるいは以下のワードで検索をかけてください。

アルファポリス　書籍の感想　検索

ご感想はこちらから

本書は、2022年4月当社より単行本として
刊行されたものを文庫化したものです。

間違《まちが》い召喚《しょうかん》！ 4　追《お》い出《だ》されたけど上《じょう》位《い》互《ご》換《かん》スキルでらくらく生活《せいかつ》

カムイイムカ

2023年 6月 30日初版発行

文庫編集ー中野大樹／宮田可南子
編集長ー太田鉄平
発行者ー梶本雄介
発行所ー株式会社アルファポリス
〒150-6008東京都渋谷区恵比寿4-20-3恵比寿ガーデンプレイスタワー8F
TEL 03-6277-1601（営業） 03-6277-1602（編集）
URL https://www.alphapolis.co.jp/
発売元ー株式会社星雲社（共同出版社・流通責任出版社）
〒112-0005東京都文京区水道1-3-30
TEL 03-3868-3275
装丁・本文イラストーにじまあるく
文庫デザインーAFTERGLOW
（レーベルフォーマットデザインーansyyqdesign）
印刷ー中央精版印刷株式会社

価格はカバーに表示されてあります。

落丁乱丁の場合はアルファポリスまでご連絡ください。

送料は小社負担でお取り替えします。


ISBN978-4-434-32161-0 C0193